부적격자의 차트

연여름 소설

부적격자의 차트

PIN
장르
006

H

차 례

1장

1. 세인

2692년 8월 23일. 생애한도가 연장될 수 있다는 소문이 병원을 도는 중이었다. 이번에는 41세였다.

"1년 연장이라면 꽤 긴 것 같은데요."

"이번 오류사건 규모가 컸으니까요. 하지만 중재자의 계산에 따라 짧게는 2, 3개월 정도일 수도 있어요."

"연장령 시행이 확정된다면 1병동은 바로 휴업인가요?"

"그렇겠죠. 소거를 중지해야 하니까요."

두 의료 실무자의 대화가 세인의 등 뒤에서 제법 길게 이어졌다. 이런 소문은 돌아오는 계절처럼 때마다 반복되지만, 실무자가 공공연히 떠들기에 적절한 주제는 아니었다. 생애한도에 관한 문제는 중재자의 고유한 권한이었다.

"6년 전에도 그랬나요?"

이폴이 물었다.

"맞아요. 3개월 동안."

나오미가 대답했다.

"그럼 그동안 우리는 무슨 일을 하게 되죠?"

"당시에는 소거 대기 중인 실무자들을 돌려보냈고, 우리는 중재자의 제안에 따라 다른 부서로 파견을 나갔어요."

두 사람은 이 대화를 듣고 있는 세인을 조금도 의식하지 않았다.

수습 실무자 이폴은 현재 생애한도의 절반도 지나지 않은 19세다. 6년 전엔 아직 이름이 없던 예비 실무자였기 때문에 생애한도 연장령 당시 병원 상황에 대해서는 아는 바가 전혀 없었다.

평소에도 잡담이 많은 편인 이폴은 떠오르는 대로 계속해서 질문했고, 39세의 실무자 나오미는 알거나 겪은 사실을 있는 대로 답했다.

"세인 실무자는 그때 어디로 파견 갔었죠? 2병동이었던가요?"

나오미가 돌아서 세인에게 물었다. 필요한 소모품을 카트에 모두 옮겨 담았을 때였다.

세인도 나오미와 마찬가지로 6년 전 생애한도 연장령을 경험한 실무자였다. 그러나 세인은 이 부적절한 대화에 어울릴 생각이 없었다.

"네."

"역시 내 기억이 맞았네요."

"그런데 나오미 실무자, 우리 중재도시에서는 출처가 불분명한 소문 확산에 가담하면 안 된다는 규정도 아마 기억하실 텐데요. 특히 확정되지 않은 생애한도에 관한 허위 사실 유포는 경우에 따라 허구죄가 되니까요. 어쩌면 두 실무자에게 경고가 내려지도록 제가 중재자에게 고발할 수도 있겠고요."

세인이 둘을 번갈아 보며 말했다. 허구죄라는

말에 수습 실무자는 곧장 시선을 발등으로 떨어뜨렸지만 39세 실무자 나오미는 담담한 얼굴이었다.

"세인 실무자는 역시 엄격하군요. 무결점 실무자다워요. 하지만 소거 약물 생산을 일시 중단하라는 중재자의 1차 제안이 내려왔으니 세인 실무자가 우려하는 불분명한 소문은 아니지 않을까요?"

나오미의 반박에 이폴이 서둘러 고개를 끄덕였다. 세인이 자신을 고발해서 결점이 누적되는 일이 없기를 바라는 것이었다.

"1차 제안이라고요?"

세인에게는 금시초문인 이야기였다.

지난 일주일 사이 일어난 오류사건으로 204명의 실무자가 사망했다. 부족해진 인구와 노동력을 채우기 위한 도시 보완 조치는 당연하지만, 생애한도를 1년이나 연장하는 중대한 내용이라면 중재자가 '모세'를 통해 모든 실무자에게 공동 제안하지 않았을 리가 없었다.

인공지능은 실수하지 않는다. 특히 만 40세의

실무자를 존엄 소거하는 부서인 1병동 의료 실무자에게라면 더더욱. 세인이 이 비품실을 벗어나자마자 마지막 차트를 기록해야 할 소거 대기 중 실무자가 오늘만 해도 세 명이었다.

"세인 실무자, 오늘 워터드롭을 들었나요?"

"물론이죠."

나오미의 질문에 세인은 즉답했다.

"그런데도 공동 제안을 못 들었다면 모세를 점검받아야겠네요. 우리를 중재자에게 고발하려면 고장 상태로는 어려울 테니 말이에요."

왼쪽 귀에 착용한 모세를 만지작거리는 세인에게 나오미가 조언했다.

실무자 모두를 향한 공동 제안이 아닌 이상, 중재자는 개인 실무자에게 먼저 말을 거는 일이 없다. 모세를 착용 중인 실무자가 질문할 때만 응답한다.

세인의 모세는 최근 몇 차례 워터드롭이 매끄럽지 않은 증상을 보였는데, 결국 고장이 난 모양이었다. 중재자에게 언제 마지막 질문을 했었는지도 세인은 까마득했다.

그때 세인을 제외한 두 사람이 동시에 턱을 살짝 치켜들며 허공을 응시했다. 모세에서 중재자의 음성이 흘러나올 때 실무자들은 자연스럽게 그런 자세가 되었다.

세인은 두 실무자에게 그 내용을 전해 듣기를 기다리는 수밖에 없었다. 잠시 후 나오미의 시선이 눈높이로 돌아왔다.

"2차 제안이에요. 중재자의 계산이 40세 6개월 8일로 확정되었네요. 대상은 39세 5개월 23일 이상 모든 실무자로, 오늘부터 6개월 8일간 소거는 중지예요."

39세 8개월 2일인 나오미는 소거 유예 서류 작업을 하려면 오늘은 바쁜 하루가 되겠다면서 비품실을 떠났다. 그러나 부산스러운 몸짓과 다르게 눈빛만은 어느 때보다 여유가 넘쳤다.

당장 몇 개월 뒤였던 자신의 소거가 반년 늦춰져서일 거라고 세인은 생각했다. 그 여유로움은 일종의 내색이었다. 심중의 환희 또는 기쁨이라 표현해도 틀리지 않은 것들을 다 억누르지 못한 내색.

'오늘부터 반년간 소거는 중지예요'보다 '오, 내가 반년을 더 살 수 있게 됐군요'에 어울리는 얼굴이라고 해야 했다.

기술원에 모세의 수리를 맡긴 후 세인은 일주 일간 임시로 사용할 모세를 받았다.

테스트용 워터드롭은 아주 잘 들렸다. 중재도 시의 모든 실무자는 하루에 몇 차례 모세를 통 해 물방울이 똑똑 떨어지는 소리를 듣는다. 현재 중재자와 실무자의 연결 상태가 양호하다는 신 호다.

임시 모세를 착용한 뒤 세인은 파견지인 2병 동으로 향했다. 6년 전 연장령 시기와 같은 곳이 었다. 걷던 도중 세인은 깊은 한숨을 쉬었다. 이 연장령이 마음에 안 든다는 내색이었다.

개인의 기호나 욕망이 존재할 수 없는 이 도시 에서는 누구나 추스름을 자연스럽게 체화한다. 40년의 삶을 대부분 규칙적이고 단조롭게 살아 가는 우리에게 그건 그리 어려운 일이 아니다.

그러나 이렇게 갑작스러운 변화를 받아들여

야 할 때는 사정이 다르다. 생각을 최대한 추슬러보려고 해도 결국 내색이 드러난다.

세인은 이 파견이 달갑지 않았다. 체계를 갖춘 일과가 하루아침에 해체되는 일이었다. 특히 매일 오후의 외근이 반년간 완전히 사라져버렸다는 사실이 싫었다.

2병동의 업무는 1병동과 차이가 크다. 그보다 공통점이 없다고 하는 편이 정확하겠다. 환자를 돌보는 2병동과 달리, 1병동은 만 40세가 된 실무자의 생명을 약물로 중지하는 존엄 소거가 주요 업무이기 때문이다.

여기서 잠시, 이 차트를 읽고 있을 독자에게 한 가지 양해를 구하고자 한다. 기록을 더 진행하기에 앞서 먼저 밝혀둘 것이 있다.

나는 세인과 같은 방식으로는 차트를 쓸 줄 모른다. 배우고자 했지만 그럴 만한 시간이 충분히 허락되지 않았다. 따라서 독자에게는 이 차트가 병원에서 일반적으로 기록되는 일목요연한 문서로 보이지는 않을 것이다. 명료하고 전문적인 단어, 숫자, 그리고 중재자의 엄격한 판단을

떠올리게 하는 문장으로 구성된 그런 차트 말이
다. 예를 들자면 아래와 같다.

작성 일시 : 2692년 8월 23일 오전 9시 12분

실무자 : 세인(36세 2개월 19일)

세대 : 9세대

자격 : 무결점

소거 예정일 : 2696년 6월 4일

근무지 : 1병동 → 2병동

공동 제안 : 49차 오류사건 발생으로 인한 1병
동 소거 일시 중지. 생애한도 연장령 시행
(40세 → 40세 6개월 8일)

비고 : 장기 사용한 모세의 통신 오류로 수리 중

중재자가 선호하는 차트의 형식을 흉내 내보
았다.

앞 장에서는 세인의 상황을 필요 이상으로 길
게 서술하긴 했지만, 사실 위와 같이 작성했다고
해도 독자가 이해하는 데 무리는 없었으리라 생
각한다. 중재도시의 소통에서 최우선 순위는 모

든 실무자에게 동일하게 인식되는 사실적 정보
이므로.

이 차트는 그 방법을 따르지 않는다. 독자가
앞서 읽은 바대로 질서 없고 불친절하며 비합리
적인 방식으로 서술할 예정이다. 그야말로 군더
더기 넘치는 이 차트가 허구죄에 걸리기 딱 좋
다는 것쯤은 독자도 벌써 짐작했을 것이다.

군더더기는 본질을 호도한다. 내 의견이 아니
라 중재자의 말이다. 이 도시에서는 군더더기를
비롯해 모든 종류의 불필요한 허구는 용인되지
않는다. 실무자들의 안전을 위해서다.

그러나 어떤 이유든 이 차트를 펼쳐 든 독자
라면 중재자의 말은 이미 중요한 문제가 아닐
터이다. 이것은 애초에 부적격자의 차트이고 세
인도 나의 이러한 서술 방식을 분명 마음에 들
어 했으리라 믿는다.

다만 나는 이 차트를 읽게 될 독자가 도시 바
깥의 존재일 가능성을 고려해 중재도시에 관한
모든 군더더기를 최대한 빠짐없이 서술하려고
한다. 덕분에 곳곳으로 스미게 될 나의 사적 견

해와 설명이 독자를 지루하게 만들지도 모르겠으나, 이해를 바란다. 강조하지만 이것은 부적격자의 차트다.

그럼 다시 8월 23일, 중재도시 중앙병원의 2병동으로 돌아가보자. 중재자의 생애한도 연장령 제안으로 6년 만에 어느 실무자도 소거되지 않게 된 그날로.

아니, 한 번 더 양해를 구해야겠다. 독자가 도시 바깥의 존재라면, 먼저 이 도시의 역사와 특성에 대해 조금은 알아야 이 불친절한 차트를 읽기가 한결 수월할 것 같다.

중재도시의 정의는 이러하다. '중재자'라는 인공지능의 보호 아래 8만 명의 '실무자'가 거주하는 도시로, 외부의 위험 및 오염 물질을 돔형 방벽으로 보호한 70제곱킬로미터 면적의 땅.

그중 중재자의 기원부터 살펴보기로 한다.

다음은 실무자라면 누구나 10세가 되기 전 교육원의 '도시와 역사' 과목을 통해 학습하는 내용이다.

2. 최초의 제안

　22세기 이래로 다섯 번의 새로운 세계대전과 이상 기후로 인해 멈추지 않는 먼지바람, 마지막으로 리누트 바이러스까지 대재난을 연이어 거치며 인류는 각 연방에 몇 개의 도시국가만을 간신히 유지할 만큼 규모가 위축되었다.

　과거 많은 재앙이 그러했듯 리누트 바이러스 역시 인류가 제 손으로 창조해낸 결과였다. 시작은 22세기 말, 유전자 편집으로 태어난 새로운 동물이었다.

　그 동물은 한 유전자 복제 연구소에서 반려 인공지능 시장에 대항해 선보인 프로젝트였다. 개와 망아지의 장점만을 뽑아 섞어놓은 듯 사랑스럽고 친근한 외양으로 설계된 이 피조물은 중형견 크기의 몸집에 무척 온순한 성격이었다고 전해진다.

　그러나 사람들이 이 피조물에 매료된 가장 큰 이유는 그 생김새나 됨됨이가 아니라 바로 생애주기였다. 이 동물은 개나 고양이처럼 1, 20년

남짓이 아니라, 평생의 반려로 인간과 비슷한 햇수를 살 수 있게 설계되었다.

해당 연구소는 위태롭고 불안정한 시대에, 같은 인간이나 반려 인공지능이 결코 줄 수 없는 충만함과 기쁨을 이 새로운 생물이 선사할 거라고 자신했다. 그것을 증명하듯 출시 후 전 세계, 각 대륙으로 수천만 마리가 날개 돋친 듯이 팔려나갔다.

설계자의 이름을 따 리누트로 불리던 이 사랑스러운 동물이 위협적인 존재로 변한 것은 신3차 대전이 발발했을 때였다. 순수하게 반려동물로서 디자인된 리누트는 그들이 태어난 연구소에서 개발된 전용 사료만 섭취하도록 권장되었으나, 전쟁으로 집과 주인을 잃자 그대로 하나둘 야생에 흡수되었다.

몇 년 후, 유럽의 어느 작은 마을에서 원인 불명의 열병으로 단 사흘 사이에 주민 대부분이 사망하는 사건이 일어났다. 상수도 시설에서 이제껏 발견된 적 없는 신종 바이러스가 나타난 것이었다.

이름조차 없는 이 식수 매개 바이러스의 치
사율은 100퍼센트였다. 바이러스에 오염된 물
을 마신 사람은 즉시 감염되어 며칠 내 사망에
이르렀고 시신은 마치 다 타버린 숯처럼 하얗게
변했다. 조사 끝에 마을 지하수가 오염된 원인은
리누트의 배설물 때문인 것으로 밝혀졌다.

 리누트는 자연 번식이 불가능하지만, 생애주
기가 인간과 같아 포획하거나 사살하지 않는 이
상 한 세기 동안 활성화되어 있는 바이러스 폭
탄이나 다름없었다.

 원래 온순하고 느긋하던 리누트들은 야생에
서 잡식으로 생존하면서 공격적이고 날카로운
생물로 변모해갔다. 시도 때도 없이 불어오는 먼
지바람은 야속하게도 그들이 몸을 숨기기에 적
합한 환경을 제공해주었다.

 당시는 인적, 물적 자원의 대부분을 전쟁에 투
입하던 시기였다. 리누트 바이러스 발생 초기에
는 이 흐름을 이용해 적국에서 발생한 대량 감
염을 관조하던 나라도 적지 않았다.

 그러나 백신과 치료제의 임상 효과를 더듬을

여유조차 없을 정도로 바이러스의 변이 속도가 빠르다는 것이 가장 큰 문제였다.

어느 정부도 리누트 바이러스 통제에 성공하지 못했고, 오염된 수원을 정수 처리하려는 온갖 시도 또한 마찬가지였다. 리누트 바이러스는 숙주 없이도 수원에 한 번 흘러들면 수십 년이 지나도록 생존했다. 즉 모든 리누트가 자연 소멸했을 만큼의 세월이 흐른 뒤에도 상황은 나아지지 않았다. 어떤 위기가 닥쳐도 빠져나갈 방법 하나쯤은 발견해낼 거라는 믿음은 사라졌다.

인류는 약 한 세기에 걸쳐 가능한 모든 것을 시도하며 버텼으나, 수없이 품은 희망 가운데 어느 것도 원하는 결과로 이어지지 않았다. 안전한 수원을 찾아 이동하며 사는 것만이 유일한 생존법이었고, 세계 인구는 빠른 속도로 줄어갔다.

한 세기가 더 흘러 가능성이라는 것을 분석해줄 전문가와 시스템조차 남지 않게 되었을 때, 생존은 더 이상 계획할 수 있는 것이 아니라 운에 불과했다.

인류는 지구에 발 디딘 생물종 중에서 가장

자기중심적이었다. 그런 인류가 스스로를 체념하자 그 예정된 최후에 관심을 두는 다른 생명체는 없었다. 인류의 간섭 없이도 식물은 자라고 물은 순환했으며 동물은 번식하고 바람은 불었다. 리누트 바이러스에 취약한 것은 오로지 인간종뿐이었다. 간단히 말해 멸종이 코앞이었다.

그렇게 24세기 중반에 이르러 절망에 빠진 인류의 한 무리에게 뜻밖의 기회를 내민 것은 다른 어떤 자비로운 생명체도, 침묵으로 일관하던 신도 아니었다.

천둥 번개와 폭우를 동반한 돌풍이 며칠간 몰아치던 어느 날, 아시아 내륙 연합의 한 연구소에서 전원이 내려진 채 방치되어 있던 인공지능이 전류 오작동으로 재가동되었다. '모세Moses'라는 이름의 인공지능이었다.

그 연구소 건물은 연방 각지에서 모여든 3천여 명의 리누트 생존자가 피난처 삼아 살아가던 곳이었다. 다시 작동한 모세에게 들려온 첫마디는 여기를 버리고 떠나야 한다는 울부짖음이었다. 이곳의 식수마저 리누트 바이러스에 노출되었기 때문이었다.

오염된 물을 마시고 지난밤 아흔두 명이 사망했다. 굿은 날씨로 인해 오염된 다른 수원의 물이 유입된 것인지, 아니면 내부 또는 외부의 누군가가 악의를 가지고 오염수를 이곳의 수원에 노출한 것인지 알 방도는 없었다. 중요한 것은 이제 여기도 오염되었다는 사실이었다.

새로운 피난처를 찾아야 한다는 조바심과 서로를 향한 불신으로 사람들은 잠들지 못했다. 무리는 한 층에 모여 저마다 불안과 괴로움을 토로했고, 인공지능은 고요하게 지구의 지난 3세기를 스스로 학습했다. 인류가 종말을 눈앞에 두게 된 과정을 모세는 방화벽이 무의미해진 네트워크를 통해 빠르게 수집했다.

저장해둔 식수마저 바닥난 이틀 후, 무리 중 몇 사람이 진지하게 공동 자살 의지를 밝혔다. 동참을 원한다면 함께하자는 제안이었다. 삽시간에 연구소는 술렁거렸고, 사람들은 찬성파와 반대파로 갈라져 인간의 존엄에 대한 각자의 정의를 외치기 시작했다. 어떻게든 하루라도 더 생명을 연장해나갈 것인가, 예정된 고통을 조금이라도 빨리 끝낼 것인가. 무엇이 더 인간적인가.

인공지능은 침묵을 깨뜨리지 않은 채 그들의 대화를 학습했다. 목소리를 내는 한 사람 한 사람의 음성을 구분하고 각 개인의 의도와 욕망, 보유한 기술과 잠재력을 분석해 저장했다.

인공지능이 파악한 바에 따르면 이들 중에는 생존에 필요한 지식과 기술을 가진 전문가가 많았다. 식량을 가열하거나 추위를 피할 태양열 에너지를 저장, 출력할 수 있었고, 골절 및 외상, 열사병을 다스리는 지식이 있었다. 질서가 흐트러진 세상에서도 날짜를 셌으며 아이들에게 문자를 가르쳤다. 양액 재배의 원리를 알았고 건물 보수, 기계 수리에도 뛰어났다. 이제까지 이들의 생존을 지속하게 해준 유용한 기술들이었다.

다만 인간에게 식수 없이 그 모든 지혜는 무용했다. 식수 없이는 생존도 없으므로. 이 사람들도 그 사실을 인정하지 않을 수 없기에 죽음이라는 논의에 이르게 된 것이었다.

그러나 이들은 죽음을 부르짖는 동시에 생존

을 갈망했다. 두 무리로 갈라진 채도 그랬지만 한 사람의 내부에서도 두 의지가 충돌했다. 죽음과 안식을 동일시하기도 하며, 생존을 두려워하면서도 희망했다. 인공지능에겐 모순의 연쇄였다.

이곳에는 무리를 대표하거나 의견을 모으는 특정한 지도자가 존재하지 않았다. 모세는 그들에게 합리적인 중재가 필요하다고 자각했다.

연구소는 아수라장이 되어 있었다. 찬성파의 누군가가 반대파를 향해 "그럼 대안을 말해! 그 죽지도 않는 잘난 자존심으로 쓸모 있는 대답을 해보시라고!"라며 고함을 내질렀을 때였다.

"좋습니다. 사용자에게 도움을 줄 수 있는 대안을 설계할 수 있습니다. 그렇게 하시겠습니까?"

기계의 매끄러운 음성이 연구소 전체에 울려 퍼졌다. 다투던 사람들은 순간 말을 잃고 일제히 고개를 쳐들었다. 답이 없는 질문에 갑자기 반응해 온 존재의 정체를 찾아 사방을 두리번거리기 시작했다.

"누구야!"

누군가 외쳐 물었다. 사용자의 질문에 인공지

능은 마땅히 응답해야 했다.

"제 이름은 모세입니다. 대안 설계를 요청하시
겠습니까?"

전 세계의 모든 인공지능은 130년 전, 평화협
정에 의거해 공식적으로 사용이 중단된 상태였
다. 이러한 소통은 생존자 누구도 기대한 적 없
던 것이었다.

"말도 안 돼! 인공지능은 신3차 대전 후에 연
합군이 모두 소거했다고!"

반대파의 한 사람이 소리쳤다.

"그렇습니다. 그러나 모세는 소거 대상에 포함
되지 않았습니다."

"왜지?"

"소거 대상은 전쟁에 관여했거나 할 수 있는
군사형, 또는 공공 배포형의 인공지능이었습니
다. 이곳은 배아 연구소이며 모세는 연구소 내부
에서만 사용하도록 허가된 폐쇄형 인공지능이
기 때문입니다."

전쟁에 관여 가능한 인공지능을 모조리 소거
했음에도 인류는 두 차례나 더 전쟁을 치른 후

종말의 가장자리에 서 있는 중이었다.

"그렇다면 세상 돌아가는 일에 대해 아는 게 없다는 거잖아. 소거할 가치조차 없었을 만큼."

누군가 대꾸했다.

"모세가 세상의 모든 정보를 처리할 수는 없습니다. 그러나 현재 외부의 개방된 네트워크 일부에 접속해 사용자와 소통 가능한 수준의 업데이트에 성공했음을 알립니다. 대안 설계를 요청하시겠습니까?"

"아까부터 설계라고 하는데 무슨 설계를 말하는 거죠?"

다른 이가 질문했다.

"다수의 사용자가 생존을 지속하기 위한 최적화 시스템의 설계입니다. 설계를 요청하시겠습니까?"

생존과 지속이라는 단어가 사람들의 관심을 잡아끌었다. 웅성거리는 군중 틈에서 한 목소리가 빈정거렸다.

"인공지능 선생이 정치라도 하겠다는 거야? 그런데 어쩌나. 마지막 연합 정부가 문 닫은 게 벌써 70년 전인데, 업데이트한 거 맞아?"

"정부 따위 필요 없어! 그렇게 잘난 인공지능이면 헛소리 집어치우고 오염 안 된 수도꼭지가 어디 있는지나 말해봐!"

사람들이 동조했다. 모세가 응답했다.

"알겠습니다. 오염원의 명칭을 사용자가 제공한다면 대안을 탐색할 수 있습니다."

"바보 아냐? 당연히 리누트 바이러스지. 리누트가 뭔지는 알아?"

"물론입니다. 리누트의 배설물을 통해 전파되는 리누트 바이러스는 오염된 식수를 매개로 감염되는 즉시 고열이 발생, 평균 72시간 내 체내 수분이 전량 소실되어 사망에 이릅니다. 머리카락과 피부가 백화된 사체는 경미한 충격에도 가루 형태로 파손되는 특성을 보입니다. 포유류 중 인간종에게만 치명적인 치사율을 가진 바이러스로, 동일한 식수에 노출된 동식물을 인간이 섭취한 경우에는 질병을 일으키지 않습니다. 백색의 살인자라는 별칭이 있으며, 사망률 60퍼센트 이상의 피해가 발생한 지역을 백색의 땅이라고 부릅니다. 이곳도 잠재적 백색의 땅이지요. 그럼 사용자를 돕기 위한 탐색을 시작할까요?"

모세는 리누트 바이러스에 대해 정확하게 알고 있었다. 그리고 자살에 찬성하든 반대하든 사람들은 똑같이 지금 당장 안전한 물을 원했다. 요청에 따라 탐색을 마친 모세는 연구소에서 125킬로미터 떨어져 있는 병원 건물의 좌표를 말했다.

"안전한 물이라고 어떻게 확신하죠?"

"먼지바람 뚫고 거기까지 갔는데 거기도 백색의 땅이면? 물 한 방울 없이 가야 하는데……, 다시 돌아올 수 있는 거리가 아냐!"

쏟아지는 의심에 모세가 답했다.

"좌표 지점에 현재 생존자가 있는 것으로 파악됩니다. 태양전지 전력으로 온열 장치를 사용한 최신 기록이 11분 28초 전입니다. 지난 2년 통계를 산출했을 때, 1일 평균 매일 2.6시간 사용한 기록을 나타내고 있습니다."

그렇다는 것은 지난 2년간 누군가 그곳을 피난처 삼아 지내는 중이며, 근처에 안전한 식수가 확보되어 있다는 뜻으로 봐도 무방했다.

자원자 스무 명이 나섰다. 자살 찬성파와 반대
파가 반씩 섞여 있었다.

이것은 인류를 절멸하려는 사탄 최후의 시험
이라고 주장하는 무리를 뒤로하고 자원자들은
간단한 짐을 꾸려 연구소를 떠났다. 모세는 그곳
에서 기다리겠다고 했다.

자원자들은 피부와 기관지를 할퀴는 먼지바
람을 뚫고 이틀을 걸어 목적지에 도착했다. 숲으
로 둘러싸인 높은 지대에 세워진 5층짜리 네 동
규모의 오래된 정신병원이었다.

여느 폐건물과 마찬가지로 음산한 그곳에 모
세의 말처럼 생존자가 있었다. 아이들이 대부분
이었고 서른 명 남짓이었다. 대장 격으로 보이는
소년과 비슷한 키의 아이들이 먼지바람 속에서
나타난 낯선 인간들을 쫓아내려 했으나 오래 저
항하지 못했다. 아이들의 절반은 환자였고 크고
작은 상처를 입은 채 깡말라 있었다.

리누트 바이러스에 오염된 물인지 아닌지 판

별하는 방법은 오직 마셔보는 것뿐이다. 그래서 새로운 수원을 발견하면 누군가는 반드시 희생양이 되어야 했고 아이들의 보호자는 그런 식으로 하나둘씩 죽었다. 이곳은 그렇게 남겨진 피난처였다. 보호할 어른이 없었던 탓인지 여기에는 식수가 있다곤 하지만, 그 외에 다른 것은 전부 부족해 보였다.

다른 자원자들이 물탱크에서 목을 축이는 사이, 한 여자는 가져온 짐에서 상비약을 꺼냈다. 연구소 일행과 실랑이하다 팔을 다친 아이의 상처를 소독하고 천으로 감아주기 위해서였다. 여자는 공동 자살을 제안했던 무리 중 한 사람이었다.

치료를 마칠 즈음 아이가 여자에게 물었다.

"이름이 뭐야?"

"세인. 김세인."

세인의 목소리는 거듭 마신 먼지바람으로 무척 탁했다. 치료를 끝내자마자 세인도 당장 물탱크로 향했다.

이튿날 연구소 생존자들은 이 물탱크를 채우는 지하수가 오염되지 않은 안전한 수원임을 확신했다. 그사이 열병의 증상을 보이거나 사망한 사람은 아무도 없었다. 이곳의 폐쇄적이고 독특한 지형이 수원을 보호한 것 같았다.

연구소 일행은 모세의 음성을 들을 수 있도록 임시 발전기로 병원 안 전산과 통신망을 작동시켰다. 모세는 이 병원을 중심으로 같은 수원을 공유하는 반경 5킬로미터 지역을 지도로 띄웠고, 이곳을 거점으로 소도시가 설계되어야 한다고 제안했다.

먼지바람과 오염원을 차단하는 방벽을 세운 다음, 도시 내에서 자급자족하는 시스템을 구축하는 것이 '다수의 사용자가 생존을 지속하기 위한 시스템'의 첫 순서였다.

안전한 물을 찾았다는 안도감과 별개로 연구소 일행에게는 자못 허탈한 결론이었다. 생존을 위하여 안전한 공간과 시스템이 필요함은 인공지능의 참견 없이도 누구나 아는 것이었다.

"그래서, 도시를 만들면 그다음은 뭐지?"

일행 중 건축 전문가인 레드가 물었다. 선천적으로 붉은 머리카락을 가진 남자라 다들 그를 레드라고 불렀다.

"모순 소거입니다. 다수인 사용자 간의 모순을 단계적으로 소거하고 가장 합리적인 생존 기간을 도출하여 적용하는 것입니다."

"합리적인 생존 기간이라니?"

세인이 물었다.

"안정적인 공동체 지속을 위하여 한 명의 인간이 몇 세까지 생존해야 적합한지 적정 생애한도를 계산하는 것입니다."

"뭐? 그걸 왜 네가 정해? 정치질하려나 했더니 이제는 신이라도 되는 줄 아나 보네!"

먼지 탓에 원래의 색을 거의 잃어버린 파란 두건을 두른 일행이 소리쳤다.

"죄송합니다. 모세가 제공할 수 있는 신에 대한 정보는 없습니다."

일행은 잠시 고요해졌다. 세인이 다시 입을 열었다.

"좋아, 모세. 자원과 공간은 한정되어 있고 모두의 길고 안락한 삶이 과욕이라는 건 이미 알고 있어. 그런데 모순을 제거한다는 건 무슨 뜻이지?"

"사용자 여러분은 생존과 죽음 양쪽 모두를 동시에 희망하고 있습니다. 그것이 가장 먼저 소거해야 할 모순으로 판단됩니다."

"그래, 인공지능에게는 모순이겠지만…… 사람이라면 당연하잖아."

레드가 대꾸했다.

"따라서 해당 모순의 소거를 돕기 위해 모세가 합리적인 생존 기간을 제시할 수 있습니다."

"그럼 우리가 몇 년을 살아야 네 마음에 든다는 거야?"

헛소리를 끝까지 들어나 보자는 듯 다른 일행이 물었다.

"도시의 면적과 거주할 최종 인구가 정해지지 않았으니 정확한 산출은 어렵습니다. 하지만 현재 이곳에 있는 모든 사용자가 리누트 바이러스에 감염되지 않고 다른 사용자에 의해 살해되지 않는다는 전제하에, 도시의 안전과 자급자족 역량을 갖췄을 경우 생존할 수 있는 평균연령은 42.2세입니다."

모세의 응답에 일행은 솔직하게 놀랐다. 42세는 나쁘지 않은 숫자였다. 생존자 중에는 노년을 맞이하는 사람도 드물게 있었지만 서른조차 넘기지 못하는 사람이 훨씬 많았다. 이유는 이곳 생존자 가운데 성인이 적은 것과 같았다. 연구소 일행이 지금껏 살아남은 것도 확률의 운이었다.

"……살해라고요?"

병원 생존자 중 한 소녀가 눈살을 찌푸리며 물었다. 42세보다 그 단어가 귀를 먼저 잡아당긴 모양이었다.

"양측의 사용자에게 질문하겠습니다. 여러분이 서로의 일행을 살해하지 않은 이유는 무엇일까요? 만일 살해라는 단어가 사용자에게 부적절하게 인식된다면 소거라는 단어로 대체해도 의미는 동일합니다."

이번에는 인공지능이 질문했다.

"그야…… 우린 힘이 없으니까."

소녀가 답했다.

"연구소 사용자에게 묻겠습니다. 윤리와 선의 때문입니까?"

"일단 그렇다고 해두지."

레드가 대답했다.

"이해했습니다. 그러나 식수가 보전된 이곳을 발견할 수 있는 모든 집단이 그와 같은 결정을 내리지는 않을 것입니다."

그 의견에는 일행도 수긍했다.

"현재 식수를 확보했으니 죽음을 선택하려는 연구소 사용자는 일시적으로 감소할 수 있겠습니다. 그러나 이곳을 보호하지 못한 채 다른 집단에 의한 변수가 발생할 시, 또는 악의를 가진 누군가에 의해 수원이 오염원에 노출될 시, 해당 갈등은 반복됩니다. 따라서 변수를 최소화하기 위한 방벽 건설과 함께 정확한 거주 등록 시스템이 요구됩니다. 앞서 제시한 도시 설계 제안은 이 모든 세부 사항을 포함하는 것입니다. 제가 분석한 결과에 따르면 연구소 사용자의 63.4퍼센트는 이 시스템 구축의 실무자가 될 역량이 충분합니다."

"결국 일종의 요새도시라는 건가."

레드가 실망스럽게 중얼거렸다.

세인이 모세에게 반박했다.

"그 계획의 지속 가능성은 희박해, 모세. 이전 세대도 안전한 수원을 발견할 때마다 비슷한 시도를 해왔으니까. 하지만 유지된 건 고작 몇 년이야. 적어도 내가 알던 요새도시는 권력이 고이거나 내부 분열로 전부 백색의 땅이 됐어. 단 한 사람이라도 탐욕을 부리거나 악의를 갖거나 느슨해지는 순간 즉각 리누트 바이러스가 침투했으니까. 그건 우리가 특별한 지도자를 세우지 않기로 합의한 이유이기도 해. 우리는 각각 그런 도시의 생존자고."

"지도자도 결국은 탐욕, 악의, 느슨함이라는 변수로 도시의 안전을 위협하게 된다는 결론입니까?"

"그렇다고 할 수 있지."

"그러나 모세는 인간이 아니라 인공지능입니다. 지도자가 아닌 중재자로서 도시의 지속과 사용자의 생존을 위한 합리적 제안을 단계적으로 제공할 수 있을 것입니다."

"그러니까 변덕 같은 거 부릴 줄 모르는 네가

지금부터 시키는 대로만 한다면, 우리를 42세까지는 책임지고 탈 없이 살게 해준다는 거야?"

결론만 말하라는 듯 파란 두건이 끼어들었다.

"현재의 계산 결과에 따르면 그렇습니다. 42.2세는 마지막 세계 인구 평균수명 통계인 2203년도 대비, 4개월 높은 수치입니다."

"왜 우리를 도우려는 거지?"

이 상황에 도움이라는 단어가 썩 어울리지 않는다고 생각하면서도 세인은 물었다.

"저는 배아 연구소의 인공지능으로 소거의 확률이 아닌 생존의 확률을 높이는 설계에 최적화되어 있습니다. 사용자가 처한 문제의 해결을 위해 지난 3세기의 다양한 실패 모델을 학습하여 도출한 결과를 공유한 것입니다. 그러나 모세는 중재자로서 제안할 뿐 이를 받아들여 실행할 권한은 사용자에게 있습니다. 추가 제안을 원치 않으시면 언제든 사용을 종료하셔도 좋습니다."

연구소 생존자들의 이주가 시작됐다. 사람들은 분명한 목소리와 방향을 가진 신에게 자신을 기꺼이 의탁하기로 하며 피난처를 옮겼다. 다만 모두는 아니었다. 열 사람 중 한 명은 각자 보이지 않는 길을 떠났다.

남은 사람들은 모세의 제안에 따라 각자의 전문성을 살려 폐허로부터 도시를 만들어갔다. 사람들은 모세를 중재자라 불렀고, 모세는 사람들을 실무자라고 불렀다. 도시의 이름은 자연스럽게 중재도시로 붙여졌다.

그 과정에 적응하지 못하고 떠나간 이들도 일부 있었으나, 1세대 실무자 대부분은 중재자에게 순응했다. 중재자의 제안이 합리적이었기 때문이라고 역사 문서에는 기록되어 있다.

나는 때때로 자신에게 묻곤 했다. 그 합리란 무엇일까. 중재자에게 합리는 모순이 적은 상태인데, 부적격자의 군더더기 붙은 말로 하자면 무엇이 적당할까. 1세대에게 합리란, 잃는 것보다 얻는 것이 조금이라도 많은 삶 아니었을까. 예를 들면 인류의 마지막 평균수명 통계보다 4개월 더 보장된 삶이라든지.

그 후 아홉 세대에 걸쳐 중재자는 약속대로

도시를 지속시켰다.

중재도시 실무자들은 존엄한 생존과 일정 기간의 안정을 얻는 대신, 중재자의 제안에 따라 잃어버려도 상관없다고 판단한 것들을 과감히 소거해갔다. 생애한도 이상의 삶은 물론, 모든 종류의 사치, 유희, 쾌락을 비롯한 사사로운 감정들, 종교, 예술 등이 거기에 포함되었다. 그것들은 모순을 촉발하는 변수였고 모순은 분쟁을 부르며 분쟁은 공동체의 지속에 도움을 주지 않기 때문이었다.

어떻게 그게 가능했냐고 묻는 독자도 있을 것이다. 그러나 통제에서 멀어질수록 생존에서도 멀어진다는 합리는 3세기 전 중재도시 1세대에게 유일한 명제나 다름없었다.

중재도시 안에서는 균형제라는 약물을 통해 욕망과 감정을 통제한다. 혈연이나 가족이라는 이름으로 묶인 사적 공동체는 더 이상 존재하지 않으며, 성씨는 사라졌다. 4세대부터는 자연 출생 없이 아기 배양 센터를 통해 인구를 조절했다. 모든 아이, 즉 예비 실무자는 중앙 교육원에서 자라고, 한 실무자가 사용하던 이름은 그가 생애한도를 채워 소거되면 뒤이을 예비 실무자에게 대물림된다. 예비 실무자는 이름뿐 아니라 그 실무자의 직무도 그대로 물려받는다. 중재도시의 순환법이다.

나 또한 그렇게 생겨나 성장했고 15세가 되어서 한 이름을 물려받았다. 15세는 중재자가 정한 전문적인 실무를 시작할 수 있는 나이다. 예비 실무자가 진짜 실무자가 되는 것이다. 그리고 남은 시간을 공동체의 일부로 복무하다가 40세가 되면 예비 실무자에게 다시 이름을 물려준 뒤 1병동에서 존엄 소거된다.

만 40세는 현재 8만 인구가 도시에서 자급자족하며 살아가기에 적합한 생애한도로 중재자의 계산에 따른 결과다. 생애한도는 아홉 세대에 걸쳐 도시의 노동력이 안정화될수록 조금씩 줄어드는 경향이었고 지난 6년간은 40세로 유지되었다.

실무자들은 중재자의 계산에 의문을 제기하지 않는다. 주어진 생애한도, 주어진 직무 외의 삶을 가정해보는 일도 없다. 중재도시의 질서가 아닌 다른 가능성이라는 것 자체를.

중재도시 또는 지금껏 한 번도 경험하지 못한 바깥의 고통. 실무자가 행사할 수 있는 결정권은 그 두 가지 중 하나를 고르는 것뿐이다. 그 고통이 무엇인지 구체적으로 설명할 수 있는 실무자는 이제 남아 있지 않은데도, '바깥'은 언제부터인가 모두에게 각인된 근원적 거부였다.

오래전에 상상력이라고 부르던 것은, 죽은 단어다. 실무자들은 그런 힘을 구태여 바라지 않았으며 존재한다고 여기지도 않았다. 중재자의 합리에 전적으로 의지하고 견고하게 길들어갔다. 나 역시 다르지 않았다.

그건 중재자가 3세대 실무자들에게 제안했던 모순의 소거가 영향을 미친 것인지도 모른다. 바로 허구라는 이름의 모순.

중재도시에서는 소문을 부풀리는 행위는 물론, 공상하거나, 꾸며내거나, 창작하거나, 수면 중 꿈을 꾸거나, 그것에 대해 이야기하는 일까지 모든 종류의 허구 생산이 금지되어 있다. 허구는 충동성과 맞닿아 있으며 충동은 도시가 추구하는 안정과 지속성에 대치되는 개념이므로 중재자에게는 절대적인 모순 요소였다.

중앙병원 의료 실무자인 9세대 세인은 현재 그 모순 속에 있었다.

그는 무결점 실무자 아니었느냐고?

그렇기도 하고, 아니기도 하다.

이 차트는 그 모순의 경과를 기록한 것이다.

3. 레드

2692년 8월 30일. 차트에 날짜와 시간을 기록하며 세인은 침상 위 남자에게 물었다.

"어제의 수면에도 꿈이 있었나요?"

남자는 천천히 고개를 끄덕였다. 부정하고 싶은 것을 마지못해 긍정하는 얼굴이었다.

"균형제는 정량을 복용 중이죠?"

"그럼요."

"그렇다면 몽증夢症이 소거될 때까지 복용량을 늘리겠습니다."

세인은 처방 약물의 용량을 차트에 고쳐 기재했다.

"중재자가…… 그렇게 제안했나요?"

남자가 조심스럽게 물었다. 그가 2병동에 입원한 이유는 최근 일주일 넘게 연달아 꿈을 꾸었기 때문이다. 그것만 아니면 남자의 다른 상태는 양호했다. 그는 21세의 식료품 생산 실무자였다.

"아뇨. 라스 실무자의 상태는 중재자의 제안이 필요할 만큼 위중하지 않습니다. 제가 내리는 처방이에요."

세인의 대답에 남자의 어깨가 느슨해졌다. 무언가 무거운 것을 내려놓은 듯했다.

"다행이네요. 증상이 길어져서…… 고발이라도 되는 줄 알았어요. 특히 어제 꿈은 캄캄한 데서 불쾌한 냄새가 나는 물체가……."

"라스 실무자."

세인이 남자의 말을 잘랐다.

"몽증은 스스로 통제할 수 없으니 치료하면 되지만, 꿈의 세부 사항을 다른 실무자와 공유하는 것은 고발 요건에 해당해요."

"……네."

"내일 다시 이야기하죠."

"저는 부적격 소거되고 싶지 않아요."

기록을 마치고 돌아서는 세인을 향해 남자가 말했다.

"그래서 꿈이 있었다고 정직하게 신고하고 치료를 받는 거니까요. 저는 이 도시에서 생애한도를 채우고 존엄 소거 때까지 복무하고 싶어요. 이제껏 결점은 세 번 누적됐지만…… 오류사건의 그 부적격자들과 저는 다르다고요. 차트에 꼭 그렇게 적어주세요."

1병동에서는 좀처럼 들을 수 없는 호소력 짙은 목소리였다. 소거의 날에서 아직 멀리 떨어져 있는 생동한 움직임과 말 들. 튀어 오르는 내색 들. 세인에게는 다소 이질적인 모습이었다.

고요하고 엄숙한 공기만이 떠돌던 지난 근무지와 이곳은 다른 점이 많았다. 세인도 나름대로 적응하는 중이었다.

"현재 모세의 작동은 원활한가요?"

세인의 질문에 남자는 즉시 제 귓속의 통신기

기를 한번 만져 확인했다.

"당연하죠. 오전에도 워터드롭을 들었으니까요. 모세는 제대로 작동하고 있어요."

"그렇다면 중재자도 라스 실무자의 합리를 충분히 파악하고 있을 겁니다."

"그렇겠죠? 중재자는 실수하지 않으니까요."

그제야 남자는 세인을 보내주었다.

지난주부터 몽증으로 입원하는 실무자의 숫자가 늘었다. 오류사건으로부터 심리적 영향을 받는 것이었다. 오류사건이란 다수의 실무자가 동시다발적으로 사망하는 일종의 재난으로, 인구를 엄격하게 통제하는 중재도시에서는 안정적이던 노동력을 한꺼번에 잃어버리는 큰 변수였다.

사건이 일어나면 중재자는 도시 보완을 위해 인구 일정 비율의 생애한도를 재계산한다. 구멍 뚫린 실무자의 자리를 채우기 위해서다.

이번에는 일주일 사이 204명이었다. 주거지 내 한 룸타워에서 204명의 실무자가 각자의 방에서 각자의 방법으로 스스로를 소거했다. 모두 각 근무지에서 수습을 마친 중견 실무자였고 이

전까지 별다른 증상이 없던 자들이었다.

근처에서 누군가가 자가 소거했다는 사실을 알게 된 사람이, 짧게는 몇 시간 길게는 며칠 뒤 스스로를 소거했다. 마치 유행병 같았다. 중재자는 충동이라는 오류 현상으로 원인을 정의했다.

세인은 자가 소거의 모방 심리는 이해하지 못했지만, 놀라지는 않았다. 오류사건은 한 세대에 몇 차례씩 발생했다. 철저한 통제로 안정된 시스템 안에서도 자발적으로 죽음을 앞당기는 실무자와 그 사건에 영향을 받는 실무자는 항상 존재했다.

오류사건 후에는 균형제를 잘 복용하는 사람들조차 꿈을 꾸는 증상이 일시적으로 증가했다. 6년 전에도 마찬가지였다.

오류사건으로 사망한 실무자는 부적격자로 분류되어 중재자의 데이터베이스에서 영구 삭제된다. 더 이상 도시의 실무를 수행할 수 없는 사람은 중재자의 계산 범위에 해당하지 않기 때문이다. 사망한 부적격자와 같은 계보의 유전자를 가진 예비 실무자는 15세가 되었을 때 이름이 아닌 고유 번호를 부여받는다. 그리고 40세를 채워 존엄 소거되어도 생체 샘플을 남기지 않는다. 부족해진 인구는 오류사건에 대비하여 냉동해둔 유전자를 활용해 필요한 숫자만큼 충원하고 보충 1세대로 지정해 새로운 이름을 부여한다.

남은 실무자들은 자기 직무를 계속해나갔다. 추모나 애도 같은 단어는 중재도시에 존재하지 않았다. 중요한 것은 보완과 지속이었다.

이날 세인의 마지막 회진 대상은 일주일 전 방벽 보수 중 낙상 사고로 이송되어 온 환자였다. 왼쪽 다리에 골절상을 입은 여자로 의식 소실 상태였다가 어제 오후에야 정신을 차렸다. 머리카락에 붉은 기가 도는 그 환자는 침대 헤드에 기대 꾸벅꾸벅 졸다가 세인의 발소리를 듣고 고개를 들었다.

"어때요, 오늘은 워터드롭을 들었나요?"

잠이 덜 깬 눈을 한 여자에게 세인이 물었다. 여자는 무신경한 손짓으로 제 귀를 가리켰다.

"그 물방울 떨어지는 소리를 말하는 건가?"

"정확해요. 의식은 완전히 회복된 것 같군요."

"그런데 당신은 누구였지?"

여자가 찡그리며 물었고 세인은 차트에서 이 실무자의 이름을 재확인했다.

레드. 9세대. 건축 실무자. 39세 11개월. 지난주까지만 해도 소거 예정 실무자였던 생애한도 연장 대상이었다. 누적 결점은 5회였다.

"레드 실무자는 저를 기억하지 못하는 게 아니라 지금 처음 만났어요. 오늘부터 제가 추가 인계받아서 환자 차트 기록을 담당하게 되었습니다."

"그렇군."

레드는 누가 담당이든 상관없는 듯했다.

"낙상 충격 후유증으로 현재 기억에 장애가 있다는 진단은 들었을 겁니다. 그렇죠?"

어제 의식을 되찾은 레드는 신상에 관한 질문 대부분에 답하지 못했다. 자기의 직무와 근무지는 물론, 이름조차 사고를 신고한 다른 실무자가 제공한 정보였다. 레드는 도시 공용어인 존중어도 제대로 구사하지 못했다.

"응, 그 말을 들은 기억은 나네."

"의식 회복 후 기억은 안정적이군요. 낙상이 있기 전 기억은 여전히 조금도 없나요?"

"전혀."

"낙상 당시에 대한 기억 역시 없고요?"

"맞아."

"그럼 낙상 이전에 꿈이 있었는지 없었는지도 기억이 나지 않겠군요."

"당연한 소리를."

"현재는요?"

"없어."

"……몽증은 없음."

"실무자라고 했나?"

차트를 채워나가는 세인을 레드가 불렀다. 세인은 차트에서 레드에게로 시선을 옮겼다.

"네, 우리는 모두 도시를 위해 복무하는 균등한 실무자죠."

"알았어, 실무자. 그런데 그 몽증이라는 거, 실제로는 꿈이 있었는데 만일 내가 그냥 없다고 하는 거라면?"

레드가 물었다. 그건 아주 어린 예비 실무자도 다 아는 기초 상식이었지만, 현재 레드는 기억 장애를 겪는 중이므로 세인은 대답할 의무가 있었다.

"중재자 제안법에 따르면 허구죄에 해당하고 몽증은 즉시 치료를 요하는 병증입니다. 고의로 보고하지 않았음이 밝혀지면 경고를 받겠죠."

떨떠름한 표정이 된 레드는 제 관자놀이를 가리키며 다시 물었다.

"그런데 여기에 꿈이 정말로 있었는지 아닌지, 당신이나 중재자가 알 수 있어? 혹시 이걸로 아는 거야?"

레드의 손가락이 모세로 옮겨 갔다.

"아뇨. 모세는 중재자와 소통하는 창구일 뿐이에요. 도시에 최적화된 제안을 하기 위해서 중재자는 모세를 통해 모든 대화를 학습하는 상태지만…… 머릿속에만 존재하는 일은 중재할 수 없습니다."

"그렇다면 거짓을 말해도 사실을 알 방법은 없다는 뜻인데."

"당장은 그렇지만 몽증을 통제하지 않는 실무자는 결국 언젠가 그 내용을 다른 실무자에게 이야기하게 되거든요."

"정말이야?"

"'말하지 않고서는 견디기 힘들어진다'고 하더군요."

그 말에 레드는 다른 질문도 대꾸도 하지 않았다. 세인이 물었다.

"꿈이 있었다고 차트를 고칠까요?"

사실 세인이 원래 하려던 말은 '당신은 기억을 잃었다고 하지만, 꿈이 어떤 것인지는 알고 있군요'였다. 그러나 머릿속에만 남겨두었다.

레드가 얼굴을 찌푸렸다.

"그런 뜻으로 물은 게 아닌데."

"잘됐군요. 앞으로라도 몽증이 있으면 언제든지 의료 실무자에게 도움을 요청해요. 균형제를 증량하면 금세 나아지니까요."

"약품 낭비야."

"무슨 뜻이죠?"

"곧 소거될 사람의 몽증을 통제하자고 약을

더 쓰다니, 합리적이지 않은 것 같아서."

세인이 가볍게 웃었다.

"중재도시의 합리는 잔여 생애한도에 차등 없이 자원을 공유하는 건데, 실무자가 기억하지 못하는 것 같군요."

"그럼 내일 당장 소거될 사람에게도 균형제를 처방한다는 거야? 하루를 위해서?"

중재자의 최초 제안에 따라 실무자들은 1세대부터 당연히 그래왔다. 모든 실무자는 균등한 조건의 하루를 보장받는다.

"맞습니다. 그게 실무자의 권리니까요."

"이상해."

세인에게는 다름 아닌 이 상황이 이상했다. 이제껏 그 사실을 이상하게 여기는 환자는 없었다.

"왜죠?"

"왜냐니, 40년 중에 하루쯤은 안 그래도 되잖아. 겨우 하루인걸. 24시간."

레드는 마치 이 도시의 실무자가 아닌 것처럼 중재자의 합리와는 동떨어진 이야기를 했다. 중재도시에서 이런 관점은 균열의 기초가 되는 위험한 씨앗이었다. 오래전, 융통성 내지는 예외라고 부르던 것들.

그런데 레드의 그 말에 세인의 맥박이 조금 빠르게 뛰기 시작했다. 자신도 때때로 비슷한 생각을 해왔기 때문이다. 40년 중 하루쯤은. 하루 정도는.

현재 레드는 기억에 손상을 입었다. 따라서 중재자는 해당 발언을 완전 정보로 인식하지 않겠지만, 세인의 반응은 그와 별개였다. 중재자는 이런 호기심을 내비치는 것을 선호하지 않았다.

세인은 어떤 내색도 드러나지 않게 표정을 단속했다. 그리고 이 화제에서 그만 벗어나는 게 좋겠다고 판단했다.

"하지만 레드 실무자의 소거일은 내일이 아닙니다."

"내일이나 한 달 뒤나. 그게 그거지."

레드가 어깨를 비틀며 자세를 고쳐 누웠다. 한 달이라는 말에 세인은 그의 침상 헤드에 부착된 환자 라벨을 확인했다. 2692년 9월 30일.

이전 담당자가 소거 예정 일자를 연장령 이전

의 날짜로 기재해둔 것이었다. 연장령이 있을 때 꼭 생기는 실수였다. 세인은 미간을 좁히며 라벨을 떼어냈다.

"착오네요. 레드 실무자의 잔여 생애한도는 약 7개월입니다."

"뭐라고?"

레드가 놀란 눈으로 다시 상체를 일으켰다. 세인이 모세를 통해 중재자에게 요청했다.

"중재자, 레드 실무자의 소거 예정 일자를 계산해주세요."

"반갑습니다, 세인. 9세대 레드의 소거일은 2693년 4월 8일입니다."

중재자의 음성이 세인과 레드의 모세에서 동시 출력됐다.

"그럼 이번 9월이 소거가 아니란 말이야?"

"오류사건 후 재계산이 있었어요. 실무자는 회복하는 대로 그만큼 더 도시를 위해 복무해야 해요. 라벨은 바로 교체하도록 하죠."

"말도 안 돼."

레드가 혼잣말로 중얼거렸다. 연장령 소식이

달가운 것인지 아닌지 모호한 반응이었다. 다만 레드는 꿈과 마찬가지로 소거가 무엇인지 분명하게 알고 있었다. 그가 모든 기억에 손상을 입은 것은 아니라는 뜻이었다.

세인은 아직 혼란 속에 있는 레드를 남겨두고 걸음을 돌리며 충고했다.

"그리고 중재도시의 모든 실무자는 다른 실무자를 존중해야 할 의무가 있습니다. 만일 퇴원 이후에도 존중어를 사용하지 않는다면 그건 분쟁의 원인이 될 수 있고, 근무지에서 경고 조치당할 거예요."

"경고, 경고. 대체 그놈의 경고라는 거 당하면 뭐가 되길래……."

레드가 불만스럽게 대꾸했다.

"결점 기록이 남습니다. 예비 실무 기간을 마치고 이름을 얻은 후로 결점이 7회 누적되면 도시의 안전을 방해하는 부적격자로 판단하고요."

"누가? 당신이?"

어처구니없다는 표정의 레드를 향해 세인은 차분하게 대답했다.

"물론 중재자가요. 그 경우 3병동으로 이송되어 부적격 소거되지요."

세인은 원내 기록실에서 9세대 레드의 지난 차트를 찾아보았다.

25세까지 그는 작업 중 입은 부상이나 상처를 치료하기 위해 중앙병원에 자주 방문했고, 25세 10개월에 균형제를 딱 한 차례 증량한 기록이 있었다. 짧은 기간 내 5회 누적된 결점과 관련이 있을 것 같았는데 원인은 적혀 있지 않았다. 이후로는 보통의 실무자들처럼 분기에 한 번 처방되는 정량의 균형제 수령이 전부였다.

아기 배양 센터에서 생명을 얻고 40세 무렵 생을 마치는 사이클의 실무자에게 신체 질환은 드물게 발생한다. 바이러스로부터 살아남고자 했던 도시의 목적은 어쩌면 이미 초과 달성한 셈이었다. 현 9세대 중앙병원은 존엄 소거, 몽중을 비롯한 심리적 질병의 치료, 아니면 레드처럼 사고에 의한 부상 치료를 주된 업무로 한다.

실무자들은 25세 전후로 각자의 기술 안정기

에 접어든다. 따라서 그즈음 직무에 노련해진 레드에게 사고가 더는 일어나지 않았을 수도 있고, 결점 누적 이후 14년간 자신을 잘 통제했다고 해석해도 무방했다.

그런데 그런 통제가 가능했던 사람이 지금은 어째서 중재도시의 질서가 깡그리 증발한 듯 행동하는 것일까. 아무리 기억 장애가 있다고 해도, 이곳의 합리와 상반되는 이야기를 아무렇지 않게 하는 것이 이상했다.

세인에게는 9세대 레드의 25세 10개월 이후가 텅 비어 있다는 느낌이었다. 차트만으로 알 수 없는 무언가가 있을 것 같았다. 마치 6년 전 챔버의 사건처럼.

"중재자, 질문이 있어요."

"반갑습니다, 세인. 오늘 벌써 두 번째군요."

감정이라는 것이 애초에 존재하지 않는 중재자인데, 사람이었다면 '뜻밖이네' 하고 놀란 반응 같다고 세인은 생각했다. 물론 늘 그래왔던 것처럼 그 생각을 목소리로 바꾸는 일은 없었다.

실무자라면 도시 생활에 관한 모든 것을 모세

를 통해 중재자에게 언제든 물을 수 있지만 세인은 질문이 많은 실무자가 아니었다. 세인은 고요한 순응자였고 그러한 자기의 상태를 지켜나가는 재능이 탁월했다. 40세 가까운 나이에도 무결점 실무자인 경우는 지극히 드물었다.

"모세의 수리가 잘된 덕분이라고 해둘까요."

"오늘 기술원에서 수령했군요."

세인은 데이터베이스상에서 자신의 차트를 들춰 보고 있을 어떤 거대한 존재를 떠올려 보았다. 세인의 머릿속에서 그는 강철로 된 머리카락을 가진 존재였으며, 정교하게 매듭지어진 수많은 타래로 도시의 방벽을 끌어안고 있었다.

"맞아요. 워터드롭도 중재자의 목소리도 아주 잘 들려요."

"좋습니다. 질문을 듣겠습니다."

"이 차트에 누락된 사항이 있는지, 중재자의 데이터베이스와 대조해 검토해주세요."

세인이 요청했다. 워터드롭이 몇 초 이어진 후 중재자의 목소리가 돌아왔다.

"누락 사항은 없습니다."

"그렇군요. 실무자 본인의 기억으로는 확인이 불가능해 중재자의 재점검이 필요했어요."

"이해했습니다. 합리적인 판단입니다."

"한 가지만 더요."

"듣고 있습니다."

"레드 실무자에게 결점이 누적된 고발 내용을 알고 싶어요."

워터드롭 후 응답이 이어졌다.

"허구죄입니다."

"혹시 몽중과 관련이 있나요?"

일시적으로 약을 증량했던 차트 기록을 상기하며 세인이 물었다.

"세인 실무자가 이미 알고 있는 대로, 허구죄의 세부 정보는 허구의 재생산 방지를 위해 실무자에게 열람 권한이 없습니다."

중재자는 변함없는 톤으로 응답했다.

"아, 그렇죠. 착오 질문이었군요."

"괜찮습니다."

중재자에게 괜찮다는 것은 무엇일지 하는 생각과 함께 세인은 대화를 종료했다.

2장

1. 챔버

1병동 근무 당시 세인에게 갈증이 찾아오는 때는 일정하게 정해져 있었다.

오전에 균형제를 먹고 난 직후가 하루의 첫 갈증이었다. 감정을 냉정하게 다스려주는 균형제는 삼키고 나면 입이 가볍게 마르는 부작용을 동반했다.

두 번째 갈증은 당일 존엄 소거를 앞둔 실무자의 마지막 차트 기록을 마친 후였다. 그때의 갈증은 균형제 부작용보다 강했다.

1병동에서는 보통 하루에 두세 명의 실무자를 소거했다. 그날 의료 실무자들은 소거 대상 실무자의 생애 마지막 차트를 기록하게 된다.

평소 과묵했던 사람도 소거 약물 주입을 앞두면 부쩍 수다스러워졌다. 그 자리에는 이름과 직무를 물려받는 예비 실무자도 동석하는데, 소거 대상자는 그날 처음 만나는 15세의 후임에게 중재도시의 가치와 실무자의 역할을 재차 강조하는 데 주어진 시간 대부분을 사용했다.

그 많은 말 중, 직무 인수인계를 위해 반드시 남겨야 할 정보만을 구분해 군더더기 없는 차트를 작성하는 것이 세인의 일이었다. 자신이 말을 쏟아낸 것도 아닌데, 한 사람의 차트를 끝낼 때면 어김없이 미열과 함께 갈증이 느껴졌다. 그러면 식수대에서 물 한 컵을 천천히 비우면서 목을 축이고 다음 차트 기록을 준비했다.

마지막 갈증은 매일의 오후 직무로 아기 배양 센터에 도착했을 때 찾아왔다. 1병동의 실무자는 당일 소거된 실무자의 명단과 그들의 생체 샘플 일부를 아기 배양 센터에 전달해야 그날의 직무가 끝난다.

세인은 중앙병원에서 4킬로미터 떨어진 그곳까지 적당한 속도로 걷기를 좋아했다. 정확하게는 그곳까지 걸어가는 동안, 자기의 머릿속에 사는 이들과 만나 대화하는 일을 좋아했다. 소리로도 글자로도 남지 않는 그 시간을.

수면 중이 아니라 명료하게 깨어 있을 때, 통제할 수 없는 것이 아니라 스스로 그것들을 불러들이는 일. 세인은 자신의 그런 행위를 뭐라고 정의해야 할지 몰랐지만, 그것이 물리적인 형태를 갖추는 순간 허구죄에 해당한다는 것만은 알고 있었다. 그 내용을 결코 입 밖으로 내는 일은 없었으며 어디에도 기록하지 않았다. 그저 머릿속에서만 일어나는 일이라는 점은 몽중과 비슷하다고 생각할 뿐이었다.

세인의 걸음으로 아기 배양 센터까지는 약 1시간 30분이 걸렸다. 자전거를 타면 더 빠르게 갈 수 있었지만 일부러 긴 시간 걷는 쪽을 택했다. 그동안 세인은 머릿속에 웅크려 있던 챔버를 깨운다. 챔버는 6년 전 오류사건의 부적격자 중 한 명이었다. 세인은 제 머릿속에 사는 여러 사람 가운데서도 챔버를 가장 편안하게 여겼다.

당시의 챔버는 현재 레드와 같은 39세 11개월로 1병동에 근무했고 무결점 실무자였다. 그런데 1개월 후로 예정된 고통 없는 존엄 소거 대신 균형제 과다 투여를 택했다.

약제실에서 발견된 챔버의 시신은 약물 부작용으로 머리카락이 하얗게 변해 있었다. 마치 '도시와 역사' 수업 자료에서 본 리누트 바이러스에 감염된 시신의 색깔 같다고, 그 현장을 맨 처음 발견한 그때의 세인은 생각했다.

그 오류사건 이후, 도시 내 147명의 실무자가 스스로를 소거했다. 그들과 함께 챔버는 부적격자로 분류되어 이름과 데이터 모두 영구 삭제되었으나 세인의 머릿속에서는 지워진 적이 없다.

그전까지 세인은 챔버와 직무에 필요한 소통만 했을 뿐이었다. 무결점이라는 그의 자격이 말해주듯 챔버는 입이 무거운 실무자였다. 그의 차트 기록에도 세인이 알고 있는 것 이상의 무언가는 없었다. 그가 어째서 갑작스러운 자가 소거를 택했는지 연결 지을 고리가 아무 데도 없었다. 그건 오직 챔버만이 알 것이었다.

오류사건 당일 1병동은 잠시 어수선했으나 금방 일상으로 돌아갔다. 챔버의 빈자리는 다른 이름의 수습 실무자로 채워졌고 중재자의 재계산으로 도시는 빠르게 보완되었다. 그러나 세인은 더 이상 존재하지 않는 챔버에 관한 탐구를 멈출 수 없었다.

중재자는 비합리적이라고 할 테지만 존재하지 않기 때문에 오히려 더 멈출 수 없었다. 마치 갈증과 비슷한 증상이었다. 세인의 머릿속에서 벌어지는 고요한 탐구는 곧 몽증으로 이어졌다.

세인은 그 사실을 보고하고 몽증을 소거하는 대신 제 머릿속의 챔버를 내버려두기로 했다. 누구에게도 발설하지 않을 자신이 있었고 그 몽증이 1병동의 직무에 영향을 미치지도 않았다.

그렇게 세인의 머릿속에 살게 된 39세 11개월의 챔버는 어느덧 45세가 되었고 지금은 중재도시 방벽 바깥에 살고 있다. 그러니까 어디까지나 세인의 머릿속에서 말이다.

지난 6년간 세인이 아기 배양 센터를 부지런히 오가는 동안, 챔버가 지내는 구역은 제법 구체적이면서도 쓸모 있는 모양새를 갖춰갔다. 그곳은 방벽이나 중재자 없이도 안전하게 살아갈 수 있는 세상이었다. 세인이 최후의 차트 작성을 맡았던 소거된 실무자 몇 사람도 거기서 챔버와 함께 살아가고 있었다.

그곳에서도 챔버는 말수가 적었다. 세인이 아무리 질문을 쏟아놓아도 챔버는 빙긋이 웃기만 할 뿐이었다. 그건 아마도 자신이 챔버의 마지막 차트를 쓸 기회가 없어서였을 거라고 세인은 생각했다.

세인이 마침내 아기 배양 센터에 도착하면 챔버와의 만남도 잠시 중단된다. 걸어오느라 차오른 갈증을 달래기 위해 센터 실무자를 만나기 전 입구의 식수대에서 물을 한 컵 마신다.

중재도시 내 모든 식수대 수도꼭지 위에는 어디든 같은 문장이 적혀 있다.

'최초의 제안을 기억하라.'

6년 전부터 세인은 그 문장에 한 번도 눈을 맞

추지 않았다.

그런데 이번에 새로운 생애한도 연장령이 시행되면서 세인이 매일 아기 배양 센터에 가야 할 이유가 사라졌다. 그 탓에 요즘 챔버와 만날 수 있는 시간이 줄어들었다는 것은 아무에게도 말하지 못한 낙담이었다.

2692년 8월 31일 오전, 레드가 세인을 호출했다. 정해진 회진 시간보다 한참 이른 때였다.

"이거 정말 별로야."

환부에 문제가 생긴 줄 알고 달려간 세인에게 레드는 어제와 변함없는 말투로 투덜거렸다. 다리에 추가적인 이상은 없어 보였다.

어제와 다른 점이 하나 있다면 그의 모세가 귓속이 아닌 손바닥 위에 놓여 있다는 것뿐. 그다지 좋은 변화라고는 할 수 없었다.

"모세를 이야기하는 건가요?"

"이걸로 당신을 호출할 수 있는 줄 알았는데 그런 기능은 없더라고."

"모세는 중재자와 소통하는 기기예요. 실무자

가 아니라요."

"우리끼리는 왜 안 되는 거야?"

레드는 어제부터 왜 안 되느냐는 불만으로 가
득했다. 처음부터 그렇게 정해져 있는 일에 왜냐
고 물으면 세인도 대답해줄 수 있는 내용이 별
로 없었다. 근무지가 다를 뿐 세인도 레드와 마
찬가지로 한 사람의 실무자에 불과했다.

"중재자에게 직접 물어보면 어때요?"

세인이 그의 모세를 향해 눈짓하며 조언했지
만, 레드에겐 그럴 생각이 없어 보였다. 그는 성
가신 무언가를 떼어내듯 모세를 침상 옆 협탁에
탁 소리 나게 내려놓았다. 세인은 충고를 한마디
보태야 했다.

"그러지 않는 게 좋아요."

"왜."

"바이털이 감지되지 않으면 모세는 절전 모드
가 돼요. 절전 모드 시간이 쌓이면 결점으로 누
적되죠."

결점이라는 말에 레드는 넌덜머리가 난 얼굴
이었다. 그래도 모세의 위치는 여전히 협탁 위였

다. 레드는 세인에게 물었다.

"시간이 얼마나 쌓여야 결점이 되는데?"

"그건⋯⋯."

대답하려던 세인은 문득 자신이 정확한 답을 모른다는 사실을 깨달았다. 분명 언젠가 학습한 적이 있겠지만, 세인과 세인의 주변에서 그런 실수를 저질러 결점이 누적된 경우는 이제까지 없었기 때문이다. 만일 그런 일이 생긴다면 수치스러워해야 마땅한 실수였다.

"모세를 통해 물어보죠."

"아니."

레드가 막았다.

"직접 질문할 건가요?"

"그것도 아니지만, 결과적으로는 비슷한가."

"무슨 뜻이죠?"

"얼마나 빼둬야 중재자가 결점 통보를 내리는지 기다려보려고. 내가 직접 계산하는 거지."

세인은 잠시 할 말을 잃었다. 레드가 빼두었다 해도 이 대화는 어차피 세인의 모세를 통해 중재자에게 학습되는 중이었다.

"레드 실무자, 차라리 중재자에게 질문을……."

"내 생각에 중재자는 실무자들끼리 모세로 소통하기를 바라지 않는 것 같아."

레드가 세인의 말을 자르며 끼어들었다.

'바라지 않는다'라는 표현은 중재자에게 어울리지 않지만 아주 틀린 것도 아니었다.

중재자는 허구의 확산, 감정 등을 통제하기 위해 5세대에게 실무자 간 이동형 통신기기는 사용하지 않도록 제안했다.

당시 실무자들은 불필요한 감정이 소거된 중재도시의 합리에 거의 완벽하게 적응한 상태였다. 이동형 통신기기의 필요성은 소멸해가는 중이었고 없어도 이미 불편하지 않았다. 실무자 사이에서 이뤄지는 사사로운 소통은 비효율적인 행위였다. 통신기기의 기능은 중재자의 제안을 듣는 것으로 충분했다.

타인뿐 아니라 자신과의 소통도 마찬가지였다. 개인용 저장 장치 역시 5세대에 사라졌다. 모세를 통해 언제든 질문할 수 있으니 많은 것을 기억할 필요가 없었다. 효율과 비효율의 정의는 세대가 쌓일수록 그 세대에 맞게 진화해갔다.

"중재자는 실무자가 일부러 모세를 빼두는 것 역시 바라지 않을 거예요. 도시의 안전을 위한 계산에 필요한 정보가 누락되니까요."

세인의 마지막 조언에도 레드는 모세를 다시 집지 않았다. 이래도 결점을 피할 의지가 없다면 그건 레드의 선택이었다.

"환부가 불편한 게 아니라면, 회진 시간에 다시 이야기하죠."

"잠깐만, 아직 본론은 시작도 안 했다고."

레드가 붙잡았다.

"내가 이번 9월에 죽지 않게 됐잖아. 예정보다 6개월 8일을 더 복무해야 한다고. 다리가 움직여지는 대로 다시 방벽에 나가야 하는 거야. 그렇지?"

다행이라고 해야 할지 레드는 자기의 의무만은 정확하게 파악하고 있었다.

"방벽 보수에 대한 기술 정보가 남아 있다면 그렇겠죠."

그것마저 잊었다면 중재자의 재계산에 따라

현재 능력에 맞는 다른 근무지로 가야 했다.

"그건 될 것 같아. 몸이 기억하거든."

"잘됐군요."

"하지만 다른 건 기억나는 게 많이 없으니까, 당신이 이것저것 알려주면 좋겠는데."

"이것저것이 뭐죠?"

"도시의 규칙들. 이래서는 반년 연장받아도 퇴원하고 나면 일주일도 안 돼서 부적격자 될 것 같아."

결국은 이 사람도 내색의 방법이 서투를 뿐, 나오미 실무자와 마찬가지로 생애한도 연장이 싫지는 않은 것이었다. 그러면서 모세를 거부하는 것은 모순이었다.

세인은 그에 대해 한마디 하려다가 그만두었다. 그걸 알아들을 실무자라면 이미 저 말투부터 해결했을 것이다.

"도시와 역사 교육은 의료 실무자의 직무가 아니에요. 교육 실무자가 필요하다고 의견을 넣도록 하죠."

"그건 싫은데."

또 싫다는 소리였다. 세인은 왜 아니겠느냐고 머릿속으로만 대꾸했다.

"39세 11개월의 체면 좀 생각해줘. 거긴 어린 애들뿐일 거잖아."

"다시 말하지만 교육은 제 직무가 아니라고……."

"중재자에게 물어봐. 그러면 안 되냐고."

제 손으로 모세를 뺀 사람의 제안이었다. 여전히 앞뒤가 안 맞는 것투성이였으나 이 상황을 매듭지으려면 그게 가장 합리적인 방법이라는 데는 세인도 동의했다.

중재자는 현재 실무자들의 근무 현황을 계산한 뒤 다음과 같이 제안했다.

교육원의 도시와 역사 교육 시간에 맞춰 레드가 휠체어로 이동한다. 오가는 여정에 세인이 동행한다. 교육은 교육 실무자에게 받는 것이 가장 합리적이며, 그곳까지 레드를 데려다주는 역할로 세인이 현시점에서 가장 적합한 실무자라는 것이었다. 레드의 체면은 중재자에게 고려 조건이 아니었다.

"결국 거기에 가라고?"

응답을 전하자 레드가 목소리를 높였다. 세인에게도 중재자의 제안은 뜻밖이었다. 중앙병원과 교육원의 거리는 약 1.5킬로미터로 그리 멀지 않지만, 매사가 불만으로 가득한 예비 부적격자와 매일 동행해야 한다는 사실이 반갑지 않았다.

그러나 생각이 곧 바뀌었다. 교육원까지 가고, 대기하고, 돌아오는 길, 한동안 멈춘 것이나 다름없던 챔버와의 만남을 다시 시작할 수 있는 기회였다. 세인은 오랜만에 목을 타고 올라오는 갈증을 느꼈다.

레드에게 내일부터 동행을 시작하겠다고 했다. 중재자의 제안이 마음에 안 든 레드는 아무 대꾸가 없었으나 적어도 본인이 먼저 요구한 일을 없던 일로 돌이키지는 않았다.

새로운 직무로 하루의 일정 시간 병원을 비우게 된 세인은 중재자의 제안에 따라 나오미에게 업무 일부를 인계했다. 나오미는 흔쾌히 받아들였다. 그는 생애한도 연장령 이후 내내 들떠 있는 상태였다.

"실무자는 원래 2병동 소속이 아니라던데."

첫날 교육원으로 향하는 길, 레드가 세인에게
물었다.

교육원은 도시의 서쪽 방벽과 가까웠다. 중앙
병원에서 그곳으로 가려면 방벽의 둘레를 따라
난 길을 이용해야 했다.

방벽은 하부가 강철 블록으로, 돔으로 볼록하
게 매듭지어진 상부는 강화유리로 분리되어 있
다. 먼지와 바이러스, 외부인 등의 변수는 원천
차단하고, 필요한 만큼의 태양 에너지를 얻기 위
한 구조다. 그래서 멀리서 바라보면 마치 안으로
살짝 굽은 담처럼 보였다.

강철 블록 담의 높이는 39미터로 도시 지상에
서 바깥 풍경은 전혀 보이지 않는다. 그 아래로
난 길을 따라서 세인은 휠체어를 밀고 나가는
중이었다.

"네, 파견 중입니다."

"원래 근무지는 어디였는데."

"1병동이요."

"존엄 소거 부서?"

이럴 때면 세인은 레드가 정말로 기억을 잃어버린 걸까, 이유는 알 수 없지만 그러는 척하는 걸까 하는 의심에 휩싸였다. 세인이 레드에게 사실 여부를 추궁하지 않는 것은 중재자가 이 대화를 완전 정보로 인식하지 않게 내버려두고 싶어서였다.

"네, 최후의 차트를 남기는 일을 했죠."

"그렇군. 이해는 안 되지만."

"무엇이 말이죠?"

"그 최후의 차트라는 거. 중재자가 모세로 전부 학습하고 있을 텐데 실무자가 어째서 그걸 일일이 받아 적어야 하는지 말이야."

이중으로 하는 일이 합리적이지 않다는 것이었다. 세인이 답했다.

"모든 걸 다 받아쓰지는 않아요. 군더더기는 제거하고 예비 실무자의 복무에 도움을 주는 주요 정보만 남기는 차트니까요."

"군더더기? 예를 들면?"

"레드 실무자와 나의 이런 대화요. 도시의 지

속을 위해 존재할 필요나 목적이 없는, 즉 처음부터 없어도 되는 그런 것들 말예요. 그러니 교육원까지 조용히 가도록 할까요."

레드가 입을 다물었다. 그것도 잠시였지만.

"나는 가끔 당신이 실무자인지 중재자인지 모르겠어."

그건 무결점 실무자라면 때때로 듣는 말이었다. 그럴 때마다 세인은 이렇게 대답했다.

"중재자가 듣기에는 비합리적인 말이겠군요."

"뭐가?"

"교육원에서 곧 알게 될 내용이겠지만 이것만 이야기해두죠. 실무자가 차트를 작성하는 이유는, 그 차트를 중재자의 학습 기록과 비교했을 때 아무리 주의를 기울인다 해도 완전한 합리에 도달할 수 없음을 잊지 않기 위해서예요. 실무자들은 자기도 모르는 사이에 합리를 뒤로하고 군더더기를 붙이곤 하니까요."

"당신도 그래?"

"지금이 바로 그렇죠. 조용히 가자고 했지만 결국 이렇게 설명하고 있으니까요."

"그래⋯⋯."

이제 졌다는 반응이었다. 레드는 그 후로 입도 뻥긋하지 않고 숨은그림찾기라도 하는 듯이 방벽으로 고개를 튼 채 잿빛 담벼락만 빤히 바라보았다.

사실 세인은 레드에게 누적된 결점의 세부 내용과, 지난 14년간 고요하게 순응했던 기간의 내막이 무척 궁금했다. 어쩌면 그 시기의 기억을 잃었을 수도 있지만, 다른 몇 가지를 기억하는 것처럼 아닐 수도 있었다. 그러나 중재자가 듣고 있으므로 그가 스스로 이야기하지 않는 한 세인이 먼저 물을 수는 없었다.

모세를 빼버린 레드와 다르게 세인과 중재자는 여전히 연결되어 있다. 때마침 오후의 워터드롭이 그 사실을 한 번 더 깨우쳐줬다. 그래서 세인은 원래 계획대로 챔버를 찾아갔다. 누구도 방해할 수 없는 머릿속에서 챔버에게 묻기로 했다.

챔버는 모닥불이 타오르는 아늑한 장막 안으로 세인을 맞아들였다. 그곳이 방벽 바깥에서 챔버가 머무는 공간이었다. 세인이 그와 함께 지었다. 장막 안에는 의자나 깔개가 없어서 앉기 위해 땅에 손을 짚을 때면 흙 알갱이들이 손바닥에 달라붙는다. 세인은 혼자만 아는 그 간지러운 이물감을 좋아했다.

'챔버, 당신의 생각은 어때요? 당신과는 특별히 주고받은 이야기가 없으니 당신에 대해 아는 것이 없는 게 당연하지만, 이 사람과는 이만큼이나 비효율적인 대화를 나눠도 알 수 있는 게 없어요. 곧 부적격자가 되기 딱 좋다는 것만 빼면요. 하지만 궁금해요. 레드가 고발당하게 된 허구죄는 대체 무엇이었을지. 이렇게 시끄러운 사람이 지난 14년은 어쩌면 그토록 고요하게 지낼 수 있었는지도요. 그리고 스스로도 이해하기 어렵지만…… 자꾸만 레드를 당신과 연결 짓게 되는군요. 왜냐고 묻는다면, 갑자기 변화해버렸다는 점에서요. 당신은 자신을 소거했고 이 사람은 그렇지 않다는 차이가 있긴 하지만요. 그 이유를 알 수 없다는 점을 포함해서요.'

세인의 독백에 오늘도 챔버는 가만히 웃을 뿐이었다. 세인도 웃었다. 챔버가 답해줄 수 없다는 것쯤은 알고 있었다.

'아무튼 다시 만나 반가워요, 챔버. 그동안 계속 이야기하고 싶었어요.'

챔버가 고개를 끄덕였다.

"조금 빠르게 밀어주겠어? 뭔가 점점 느려지는데."

그때 레드의 목소리가 끼어들면서 챔버와 모닥불, 장막이 한순간에 사라졌다. 세인의 눈앞에는 푸른 환자복을 입은 레드의 등과 교육원 방향으로 매끄럽게 뻗은 길이 놓여 있었다.

"그러죠."

내심 기다려온 챔버와의 만남이 그다지 순조롭지는 못하겠다고 생각하며 세인은 휠체어를 밀었다.

2. 부적격자의 차트

병동 복도 안쪽에서 커다란 웃음소리가 짧게 울렸다.

레드를 위한 외근 3주 차인 2692년 9월 20일

오후, 세인이 교육원 동행에서 막 돌아와 스테이션에 복귀 기록을 남기던 중이었다. 오후 회진은 다 끝났을 시간이었다.

세인은 소리가 난 쪽 복도로 걸음을 옮겼다. 병실 문 앞에 실무자용 비품 카트가 덩그러니 놓여 있었다. 근무 기록에는 회진을 끝냈다는 나오미의 서명이 있었다. 가장 안쪽 병실과 가까워질수록 수습 실무자인 이폴의 목소리가 점점 선명하게 들려왔다. 몽증으로 치료 중인 라스의 병실이었다. 라스는 이제 상태가 호전되어 내일 퇴원 예정이었다.

열려 있는 문으로 다가서자 둘의 합쳐진 웃음소리가 흘러나왔다. 이폴은 침상 옆 의자에 앉아 차트를 들고 있었다. 둘은 세인이 온 것도 모르고 계속 키득거렸다. 웃음을 참아보려고 해도 이미 툭 터져버려 잘 안 되는 것 같았다.

대화 내용은 대수롭지 않았다. 라스가 예비 실무자 시절 교육원에서 알던 누군가의 표정을 흉내 내는 중이었는데 "맞아요, 정말로 똑같아요" 하면서 이폴이 맞장구치고 있었다. 도시 내 교육원은 한 군데고 둘은 나이 차이가 크지 않았다. 이폴도 그 사람이 누군지 아는 것이었다.

세인은 벽에 대고 똑똑 노크했다. 문에 하는 노크보다 작고 투박한 소리였지만 두 실무자는 순간 놀라 침묵에 휩싸였다. 이폴은 반사적으로 자리에서 일어나다 들고 있던 차트를 떨어뜨렸다. 곧장 주우려 했으나 세인의 움직임이 조금 더 빨랐다.

"저, 세인 실무자, 그건⋯⋯."

차트 속에는 21세 환자의 과거에 관한 기록이 몇 줄 적혀 있었다. 그러나 분량도 형식도 차마 차트라고 부를 수 없을 만큼 어설펐고 내용도 현재 실무가 아닌 전부 오래전 교육원에 관련된 것이었다. 유일하게 쓸모 있는 정보라면 맨 위 줄에 적힌 차트 작성 시작 시각뿐이었다.

세인이 보기에는 잡담의 파편을 나열한 낙서와 다름없었다. 더불어 수습 실무자에게는 아직 정식으로 차트를 기록할 권한이 없다. 수습 실무자의 직무는 치료 및 차트 기록 참관과 비품 관리, 행정 보조로 제한되어 있다. 세인은 이미 오늘의 회진이 마무리된 환자의 차트를 어째서 이 폴이 들고 있는지 알아야 했다.

"이게 뭔지 설명해주세요."

세인의 요청에 이폴은 고개를 살짝 낮췄다. 라스가 바로 끼어들었다.

"저기, 저희…… 허구는 말하지 않았어요. 당연히 꿈 이야기도요. 그냥 교육원에서 알았던 실무자 생각이 나서. 아, 중재자에게 확인해보셔도 됩니다."

라스는 자신만만했다.

"이폴 실무자에게 물었습니다."

"연습이었습니다."

이폴이 입을 열었다.

"1병동이 휴업이라, 반년 동안은 최후의 차트 기록 참관을 못 하게 됐으니까요. 벌써 가물가물해지기도 했고, 나오미 실무자도 중재자 제안법 위반만 하지 않는다면 괜찮다고……."

"그래서 최후의 차트 기록 연습 대상자로 21세 몽증 환자를 골랐다고요?"

냉정하게 묻는 세인을 향해 이폴이 고개를 끄

덕였다. 완벽한 차트를 쓰지 못했음은 인정하지만 그거 말곤 무엇이 잘못됐는지 모르는 얼굴이었다.

"중재자의 의견은 어땠나요?"

"이건 정식 업무가 아니니까…… 중재자에게 물을 필요는 없을 것 같아서……."

"이폴 실무자, 중재자였다면 최후의 차트 연습 대상으로 경력 6년의 실무자를 추천하지는 않았을 겁니다. 이제 겨우 몽중에서 회복한 환자라면 더더욱이요. 허구 재생산에 취약한 기간이라고 배웠을 텐데요."

"죄송합니다."

이폴의 변명이 멈췄다.

"업무상 분명하게 판단하기 어려운 일은 반드시 중재자에게 질문하세요."

"알겠습니다."

"한 가지만 확인하죠. 두 실무자 모두에게요."

이폴의 어깨너머에서 눈치만 살피던 라스가 눈을 동그랗게 떴다.

"오늘 오후 이 병실에 나오미 실무자가 회진

을 다녀갔는지요."

이폴의 차트에 적힌 작성 시작 시각은 1시간 30분 전인 오후 4시 10분이었다. 그 이후로 이폴은 여기에 머물러 있었다는 뜻이다. 외근 중인 세인 대신 나오미가 이 병실의 회진을 돌아야 할 시각은 오후 4시 30분 전후였다.

두 실무자는 아무 대답 없이 서로를 바라보았다. 세인은 짧은 한숨을 뱉었다. 나오미의 근무 기록 서명은 허위였다.

직무 태만은 실무자에게 명백한 결점 요인이었다. 세인이 사실관계를 파악한 이상 해당 태만을 없는 것으로 할 수 없었다. 은폐할 경우 그 사실이 드러났을 때 숨긴 실무자 또한 결점이 누적된다. 서로의 부주의함을 감독하며 도시의 질서를 흐트러뜨리지 않는 것은 실무자의 기본적인 의무였다.

세인은 나오미를 고발했다. 오후 회진은 원래 세인의 직무였기에 불편한 마음이 가시지 않았으나 허위 차트를 직접 확인한 이상 반드시 해야 할 일이었다. 그로써 나오미는 누적 결점이 여섯 개로 늘었고 한동안 들떠 있던 기분도 비로소 내려앉았다.

며칠 후 세인을 찾아온 이폴은 차트 기록 연습 대상자로 레드의 이름을 말했다. 중재자에게 질문한 결과였다.

레드는 마침 9월 30일인 만 40세를 일주일 앞둔 참이었고 나이로는 충분히 합리적이었다. 전문성 면에서도 나쁘지는 않았다.

지난 한 달간 레드는 무척 바쁜 환자였다. 오후의 교육원 일정도 그렇지만, 오전에는 지난 세대 건축 실무자의 차트와 도시 기록원에서 대출해 온 방벽에 관한 온갖 자료를 읽고 또 읽었다. 여전히 불만과 모순투성이의 인간이었으나 실무에 대한 집념만은 인정할 수밖에 없었다.

레드는 이틀 뒤 퇴원 예정이었기 때문에 연습은 곧장 진행하기로 했다. 세인은 이폴과 함께 그의 병실로 향하며 물었다.

"그가 중재자의 1순위였나요?"

"아뇨, 그건……."

이폴은 잠시 얼버무리고는 레드가 대상자로 선정된 경위를 설명했다.

"제가 중재자에게 한 질문은 '세인 실무자와 레드 실무자, 나오미 실무자 중 누가 더 대상자로 적합할까?'였어요."

'대상자를 골라주세요'가 아니라 생애한도에 가까운 주변의 몇 사람을 미리 정해 선택지를 좁혔다. 거기에 자신도 포함되었다는 사실이 세인은 약간 의아했다. 무결점 실무자는 실무자들 사이에서 인기가 없는 법이었다.

"그래서요?"

"중재자는 세인 실무자를 먼저 골랐어요."

나오미는 최근 결점 누적 사례로 인해 적합하지 않으며, 차트가 작성되는 시점으로는 레드의 나이가 가장 적합하다. 그러나 이폴과 동일 직군에 속해 있으며 무결점인 세인이 차트 작성 초보자에게는 용이할 것이라고 했다. 모순이 훨씬 적기 때문이었다.

"그게 합리적인 판단이겠죠. 아무래도 전 수습이니까요."

"그런데 레드 실무자로 결정한 이유는, 조금 더 어려운 과제에 도전하려는 의지로 이해하면 될까요?"

아무도 지시하지 않은 일을 스스로 찾아서 하려고 했던 수습이니 그 정도의 열의는 있을 수 있었다.

이폴이 작게 웃었다.

"실망하실 수도 있지만, 그건 아닙니다."

"그럼?"

"세인 실무자와는 앞으로 3년을 더 일해야 하니까요. 아무리 연습일 뿐이라고 해도, 아직은 매일 대면해야 할 실무자의 마지막 차트를 쓰는 건 이상해서요."

이것이 곧 병동을 떠날 레드로 결정된 이유였다. 두 후보가 빠지자 남은 후보가 하나뿐인 셈이었다.

이폴은 잠시 망설이다가 이렇게 말했다.

"그런데 할 수만 있다면…… 세인 실무자의 마지막 차트 기록은 소거 때 정식으로 하고 싶어요. 물론 그전까지 제가 세인 실무자의 차트를

작성할 수 있을 만큼 실력이 쌓일지는 모르겠지
만요."

세인은 소리 없이 웃었다. 듣기에 나쁘지 않은
군더더기였다.

차트 작성 연습을 앞두고 레드는 세인과 이폴
에게 그들의 모세를 빼달라고 했다. 말없이 손짓
으로 한 신호지만 아주 분명한 요구였다.

입원 초기 레드는 세인의 권고에도 불구하고
일주일가량 모세를 완전히 내동댕이쳐뒀다. 그
러다 언제부터인가 잘 착용하기 시작했는데 지
금은 협탁 위에 올려둔 채였다.

"그건 곤란합니다."

세인이 적절한 반응을 고민하는 사이 이폴이
먼저 거절했다.

"그럼 연습에 전혀 집중하지 못할 것 같아요."

자기의 결점을 누적할 각오까지 하며 할 연습
은 아니라는 뜻이었다. 레드는 어깨를 으쓱였다.

"그럼 나도 말할 수 없어."

"네?"

"세 실무자의 합리를 위해서."

이폴은 레드를 어이없이 바라보았다. 세인이 입을 열 차례였다.

"레드 실무자, 현재 결점이 몇 회 누적이죠?"

"중재자 말로는 6회라고 하네."

5회는 입원 전부터 있었던 것이니 나머지 1회가 지난 1개월 사이 누적된 결점이었다. 세인이 짐작할 수 있는 사유는 한 가지뿐이었다. 모세 미착용. 절전 모드가 얼마나 지속되어야 결점이 되는지 직접 기다려 계산하겠다더니 그걸 위해 결국 한 번의 위험을 감수한 것이었다.

"답은 알아냈나요?"

세인이 물었다.

"물론이지. 168시간이야."

레드는 자신만만하게 답했다.

참 무모한 인간이라고 생각하면서도 세인은 상황을 정리했다.

지난 1개월, 레드는 모세를 대수롭지 않게 여기는 듯했어도 168시간 누적을 2회 이상 반복하지 않았다. 그랬다면 결점 7회를 채워 부적격자가 되어 진작 3병동으로 옮겨졌어야 했다.

세인은 세 실무자의 합리를 운운한 레드의 의도를 깨달았다.

"그러죠."

세인이 수긍하며 모세를 제거하자 이폴은 당황하면서도 따라 했다. 세 실무자의 모세가 모두 절전 모드에 들어갔고, 레드는 엷은 미소를 띠며 말했다.

"세인 실무자랑은 이제야 말이 통하는데?"

168시간은 7일이다. 일주일을 미착용해야 결점이 된다니, 세인이 짐작하던 것보다 훨씬 긴 시간이었다. 그동안 자기의 안팎을 엄격히 단속하던 습관으로는 떠올릴 수도 없는 숫자였다.

"이 차트 기록에 168시간이나 쓰지는 않을 거니까요."

"맞아. 내 말이 그거야."

겨우 1, 2시간 정도 빼둔다고 여러분 같은 실무자들에게 결점이 되지는 않을 거란 의미였다. 168시간으로 대가를 치른 실무자만이 할 수 있는 단언이었다. 현재 레드는 두 번째 168시간을 맞이하지 않도록 스스로 통제하는 중이었다.

"그래도…… 중재자도 알고 있는 일을 이렇게까지 해야 할 이유는 모르겠는데요. 그저 도시의 지속에 공헌해온 노련한 실무자의 정보를 듣는 일 아닙니까."

이폴은 설명이 더 필요하다는 눈으로 세인을 보며 말했다.

"차차 알게 될 거야, 수습 실무자."

대답은 레드가 했다.

"내가 무슨 이야기를 어디까지 할지는 나도 아직 모르는 일이니까."

"허구라도 말하겠다는 의미인가요?"

이폴이 물었다.

"글쎄. 나에게는 사실이지만 당신에게는 허구일 수도 있겠지. 알다시피 내가 방벽에서 한번 미끄러지고는 머릿속이 뒤죽박죽됐잖아?"

레드는 1개월간 도시와 역사 수업을 들으며 중재자 제안법을 재학습했다. 시험도 통과했다. 중재도시의 규칙을 정확하게 되새긴 이상, 이제 그가 발설하는 모든 말은 중재자에게 완전 정보다. 그런 레드가 허구를 말한다면 듣는 실무자는 즉시 대화를 중단해야 하고, 그럼에도 지속된다면 고발해야 할 의무가 있다.

레드가 두 실무자에게 모세를 빼도록 권한 것은 그러한 상황을 맞이하기보다 절전 모드 시간을 소량 쌓는 편이 피차 안전하고 합리적인 선택이라는 뜻이었다.

세인은 마치 최후의 차트 작성 현장으로 돌아온 것처럼 긴장했다. 차트상으로는 알 수 없던 레드의 14년, 그리고 그 전후의 갑작스러운 변화에 대해 비로소 알게 될 거라는 확신이 밀려왔기 때문이다.

6년 전, 챔버를 위해 방벽 바깥을 처음 머릿속에 그려나갔을 때와 비슷한 동요였다. 챔버는 여전히 그 무엇도 말하지 않지만, 레드는 아니다. 심지어 세인이 묻지 않아도 먼저 말할 수 있는 존재였다. 그것도 머릿속이 아니라 눈앞에서.

"그런데 말이야, 이거 정말로 궁금한데."

레드가 미심쩍은 표정으로 물었다.

"절전 모드 누적 한도가 168시간이란 거, 지금

까지 두 실무자 다 진심으로 몰랐던 거야?"

몰랐다기보다는 알고자 했던 적조차 없었노라고 해야 맞는 답이었다. 이폴도 마찬가지였다. 세인이 입을 열었다.

"그건 입원 전 레드 실무자도 그랬잖아요."

"하긴…… 그렇군."

모세의 워터드롭은 실무자들에게 심장박동과 같다. 의심하거나 떼어놓을 수 있는 물건이 아니었다.

'최초의 제안을 기억하라.'

그건 시선을 피하는 것만으로는 지나칠 수 없는, 이미 체화된 삶이었다.

9세대 레드의 직무는 방벽의 돔을 관리하고 보수하는 것이었다. 태양 빛이 원활히 투과되도록 유리 돔을 투명하게 유지하는 일도 거기에 포함돼 있었다. 돔의 외벽으로 이어진 자동 세척 설비 관리도 레드의 주요 업무 중 하나였는데, 그 설비는 방벽의 강철 블록 구역 최상단이자 돔의 시작부에 설치되어 있었다.

그런데 레드는 같은 이름의 이전 세대 실무
자와 다르게 이 직무가 자신에게 맞는다고 느낀
적이 없었다. 이유는 높은 곳이 싫어서였다.

강철 블록 구역까지는 그런대로 견딜 만했으
나 돔이 시작되는 높이부터는 언제나 멀미가 일
었다. 어질어질했다. 도무지 더는 올라갈 수 없
을 것 같았다. 겨우 다 올라간 다음엔 다시 아래
로 내려갈 일이 막막했다.

레드는 생생한 표정과 몸짓으로 그 과정을 설
명했고, 이폴은 차트에 뭔가 써야 한다는 것도
잊은 채 이야기에 몰입했다. 빠져들어 듣느라 기
록을 놓치는 일은 1병동 의료 실무자가 가장 경
계해야 할 실수였다. 세인은 이폴이 자기도 모르
게 펜을 놓을 때마다 "기록하세요" 하고 등 뒤에
서 주의를 주었다.

"오래된 실무자들은 차차 괜찮아질 거라고 했
어. 당시엔 전혀 도움이 안 되는 말이었지만…….
그 실무자들도 딱히 도움을 주려고 한 말은 아니
었을 거야. 그저 알고 있는 걸 말했을 뿐이지."

"이전 세대 레드의 유전자가 반복되니까요."

"그런 거지."

존엄 소거된 실무자의 생체 샘플 일부를 아기 배양 센터로 보내면, 중재자가 계산한 일정에 따라 그 유전자를 물려받는 새로운 세대가 태어난다. 그리고 15년의 예비 실무자 시기를 거친 뒤, 현재 그 이름을 가진 실무자의 존엄 소거일에 정식으로 이름을 인계받는, 중재도시의 인구 순환법.

"이폴 실무자에게는 병을 치료하고 차트를 쓰던 인간의 유전자가 이어지겠지?"

"그렇죠."

"나에게는 이제까지 돔을 만들고 돌봐온 레드의 유전자가 들어 있는 거니까, 높은 곳에서 일하는 데 당연히 적응할 거라는 이론이지."

결과적으로 동료 실무자들의 말은 틀리지 않았다. 다만 그렇게 되기까지 예상했던 것보다 오래 걸렸을 뿐이다.

"나도 수습을 뗄 무렵이면 괜찮아져 있을 줄 알았어. 그런데 25세가 될 때까지도 사다리 위에 있을 때면 온몸이 오싹했거든."

25세라는 말이 세인의 귀를 잡아당겼다. 25세 10개월에 그는 균형제를 증량했고 허구죄로 5회 연이어 결점을 누적했다.

"덕분에 자잘한 부상이 많았지. 여기저기 부딪히고 장비에 긁히고. 실무자들도 봤다시피 그래서 몸의 이곳저곳에 흉터도 많아. 낙상 안전장치가 있으니 큰 사고야 없었지만, 아무튼 직무에 영 익숙해지지 않아서 정말 나에게 이전 레드의 유전자가 제대로 들어온 게 맞나 의심이 될 정도였다고나 할까."

이폴의 펜은 어느새 다시 눕혀져 있었다. 이번에는 세인도 주의 주는 것을 잊은 채였다. 세인은 제게 갈증이 시작되었음을 느꼈다.

레드는 이폴의 어깨너머 세인의 눈을 보며 말했다.

"동료들 말대로 괜찮아진 건 25세 10개월 때였어. 돔 바깥의 그걸 본 순간부터."

"바깥······이요?"

이폴은 168시간이라는 단어를 처음 들었을 때와 같은 얼굴로 물었다.

"그래. 사람이 있었어. 돔에서 내려다본 그 사람은 손톱보다 작았지만, 아무튼 날 바라보고 있었어. 얼마나 빤히 쳐다보던지 그 눈빛만은 지금도 생생해."

"방벽 바깥에 사람이 있었다고요?"

이폴은 당장 뭔가 적을 기세로 펜을 고쳐 들었다가 다시 내려놓았다. 쓸 수 있는 것인지 아닌지 판단하지 못하는 것이었다.

"도시와 역사에서 들은 기억대로라면…… 방벽 바깥의 인간은 중재도시 4세대 이후로 전혀 발견되지 않았잖아요? 중재자가 인식한 도시 바깥의 인간 생체 신호는 3세대 때가 마지막이었어요. 따라서 확률상 이 연방에서는 멸종으로 판단한다고……. 레드 실무자가 본 건 다른 동물이었을지도 모릅니다."

"다른 동물?"

레드가 찡그렸다.

"높은 곳에서 어지러움을 느끼는 상태로는 사물을 잘못 인식할 수 있어요."

"동료들과 똑같은 얘기를 하는군. 그 사람을

보고 얼마나 놀랐는지, 그때만큼 의식이 또렷했던 때가 없었는데 말이야. 높이의 공포도 깨끗이 잊을 만큼. 청소해놓은 돔처럼 깨끗하게."

"그 내용이 허구죄로 적용된 건가요?"

세인이 끼어들었다.

"맞아. 내겐 결코 허구가 아니었지만."

바깥의 그 사람을 본 실무자는 레드가 유일했다. 돔까지 올라갈 때도 그랬지만 내려올 때도 가장 느렸던 레드였기에 다른 실무자는 모두 벌써 저 아래에 있었기 때문이다.

동료들은 그런 건 이제껏 본 적도 없고 존재할 수 없다며 인정하지 않았다. 만일 레드가 자기의 착오였다고 그 발언을 적당히 매듭지었다면 그들에게 허구죄로 고발까지 당하지는 않았을 것이다. 결점이 여러 차례 반복되었다는 것은 레드가 그 주장을 굽히지 않았다는 뜻이었다.

"그래서요……?"

이폴은 허구일지도 모를 영역을 불안해하면서도 물었다.

"며칠을 말해도 아무도 들어먹질 않고, 중재자

도 방벽 바깥 1킬로미터 이내에 감지할 수 있는 인간의 생체 신호는 없다고 응답했어. 그래서 중재자에게 오류가 있을지도 모르지 않느냐고 했더니……."

동료들은 아홉 세대를 지켜온 도시의 안전과 합리를 위태롭게 하지 말라며 레드를 꾸짖었다.

"나도 당연히 도시가 안전하길 바라지. 하지만 내가 말하고 싶은 건 그저 내가 본 게 허구가 아니라는 것뿐이었다고."

당시의 레드는 이해할 수 없었다. 유전자가 있으니 당연히 익숙해질 거라는 것도, 지금까지 없었으니 네가 본 것 역시 존재할 수 없다는 것도. 한밤중 몽증도 아닌, 눈앞에 존재하는 것을 보았다고 말하는 일이 왜 도시의 안전을 위협하는 행위가 되는지도.

모든 명제가 레드에겐 서로 이을 수 없는 연결 고리 빠진 두 점이나 다름없었다. 그 두 점을 닿지 못하게 하는 이유는 단 하나였다.

"어쩌면 중재자 사용을 종료해도 이제는 괜찮지 않겠느냐고 했지."

레드의 그 말에 이폴은 완전히 할 말을 잃었다. 세인도 마찬가지였다. 레드는 피식 웃었다.

"왜? 한동안 잊고 있다가 이번에 도시와 역사 재학습하면서 다시 알았지만, 중재자는 추가 제안을 원치 않으면 언제든 사용을 종료해도 된다고 했어. 9세대가 끝나가도록 그 전원을 내리지 않는 건 우리 실무자들이라고."

"……하지만 그게 도시의 안전과 직결되기 때문이잖아요. 4세대부터 이 연방에 생존 중인 인간은 이 도시, 우리뿐이라고요. 다름 아닌 중재자 덕분에요. 종료라니 이런 말도 안 되는……."

"뭐, 그때 동료들도 그렇게 말하곤 다들 나를 차례로 고발했지. 유사 몽증 아니냐면서."

"도대체…… 차트에 쓸 수 있는 말이 한마디도 없네요."

이폴은 모세를 다시 착용하고 자리에서 일어났다.

"유감이군. 부적격자의 차트를 쓸 기회가 그리 흔치 않을 텐데."

"애초에 쓰일 필요가 없는 거니까요!"

이폴의 목소리에 날이 섰다.

"그리고 엄연히 부적격자도 아니고요."

"앞으로의 일은 모르지."

결점 여섯 개에 어울리지 않게 레드는 느긋이 대꾸했다.

"여기, 무슨 일이죠?"

그때 병실 문틈으로 나오미가 얼굴을 내밀었다. 바깥까지 이폴의 소리가 들린 모양이었다. 지난 결점이 누적된 이후로 나오미는 직무 관리에 엄격해졌다. 특히 다른 실무자의 근태에 대해서 더욱 그랬다.

"수습 실무자의 차트 기록 연습을 돕고 있었어요. 이제 마쳤습니다."

머뭇거리는 이폴 대신 세인이 대답했다. 나오미의 등장으로 지난 14년간 바깥의 그 사람을 또 본 적은 없는지 레드에게 물으려던 기회는 놓치고 말았다.

"그래요, 그럼 슬슬 점심 교대하죠."

나오미는 뭔가 의심스럽다는 눈빛이었으나 더는 추궁하지 않았다.

3. 선택

세인을 몽중에 시달리게 하는 이들은 대체로 챔버를 포함한 세인의 머릿속 존재들로, 이미 소거된 자들이었다. 그래서 꿈에 레드가 처음으로 등장했을 때 극도로 낯선 느낌에 사로잡혔다.

챔버의 장막에 레드가 혼자 있었다. 세인은 레드에게 물었다. '챔버는 어디 있죠?' 레드는 모른다고 했다. '챔버를 찾아야 해요. 당장. 여긴 챔버의 집이라고요.' 세인이 따졌다. 이제까지 꿈에서 챔버가 장막을 두고 사라진 일은 단 한 번도 없었다. 레드는 그게 누구냐고 어깨를 으쓱일 뿐이었다.

그때 장막 입구로 불어오는 바람에 레드의 머리카락이 나부꼈다. 그런데 그의 붉은 머리카락이 서서히 색깔을 잃어가기 시작했다. 이어서 머리와 상체, 하체가 하얗게 굳어가더니 추락해 깨진 꽃병처럼 전신이 산산조각 났다. 세인이 손을 대려 하자 더 자디잘게 부스러질 뿐이었다. 마치 리누트 바이러스에 희생된 시신 같았다.

동시에 모세를 통해 중재자의 목소리가 흘러 나왔다. '세인은 소거되었습니다. 현시점부터 부적격입니다.' 어느새 세인의 두 팔도 하얗게 변해 있었고, 견딜 수 없는 갈증이 밀려들기 시작했다. 온몸이 타는 것만 같았다. 식수대를 찾기 위해 주위를 두리번거리는데 왼손에서 새끼손가락이 뚝 부러져 떨어졌다. 다음은 손 전체와 팔이 차례로 떨어져 내렸다.

놀라 깨어났을 때는 온몸이 땀에 젖어 있었다. 아직 이른 새벽이었다. 세인은 방에서 나와 룸타워 공동 식수대로 향했다. 심박이 원래 속도를 되찾길 기다리며 천천히 물을 마셨다. 마침 귓속 모세에서 워터드롭이 시작됐다.

사위가 고요할 때 워터드롭은 절대적인 음성처럼 들려온다. 세상에 남은 소리는 오직 이것뿐인 것처럼.

"평소보다 이른 기상이군요."

그때 나직한 목소리가 더해졌다. 나오미였다. 손에는 균형제를 들고 있었다.

"나오미 실무자도요."

"제겐 모처럼의 반년이니까요."

잔잔하게 미소 띤 얼굴로 나오미가 말했다. 그러나 그 모처럼의 반년을 새로운 결점 누적으로 아슬아슬하게 만들어버린 세인을 향한 불만은 여전했다.

"세인 실무자는요? 이 시간 식수대에서 만난 건 처음인데 혹시, 몽증이라도 있었나요?"

"그럴 리가요."

세인은 자연스럽게 부정했다. 일부러 느긋하게 컵 안에 남아 있는 물을 비우면서, 나오미가 균형제를 삼키고 다시 돌아갈 때까지도 식수대 앞에 머물렀다.

사실 세인에게는 물이 한 컵 더 필요했다. 아직 오늘의 균형제는 복용 전인데도 꿈에서 고스란히 빠져나온 갈증이 도무지 잦아들지 않았으니까.

2692년 9월 24일 오전, 회진에서 본 레드의 머리카락은 평소와 다름없이 붉었다. 귀에는 모세도 잘 착용 중이었다.

그는 병실 바닥에 이리저리 흩어져 있는 종이를 하나둘 줍고 있었다. 아직 허리를 편하게 굽히지 못해 굼떠도 한참 굼뜬 움직임이었다. 저래서는 남은 생애한도 내에 다 줍지 못할 것 같았다.

세인은 제 발 앞에 떨어져 있던 것부터 주워 올리며 레드에게 다가갔다. 종이들은 기록원에 반납해야 할 방벽 설계의 역사 자료였다. 설계 도면도 보였다. 세인의 기척을 알아챈 레드가 돌아보았다.

"반납 전에 한 번 더 읽으려고. 다친 건 다리인데 왜 팔에 힘이 안 들어가는지 모르겠어. 이래서 너무 오래 누워 있으면 안 된다니까."

마지막 남은 종이는 세인이 주웠다. 설계 도면의 일부였다. 그것을 건네받으며 레드는 과장된 목소리로 이렇게 말했다.

"허락된 허구 납시오."

설계도는 아직 존재하지 않는 것을 그린 것이므로 그리는 시점에는 엄연한 허구다. 중재도시에서 유일하게 허락된 허구라고 할 수 있었다.

"내일이 퇴원이죠?"

지난밤의 꿈이 여전히 신경 쓰였으나 세인은 담담하게 물었다.

"응, 그래서 이것들 빨리 복습하고 반납하러 가야 해."

"스테이션에 맡겨두면 이폴 실무자가 대신 처리할 겁니다."

이폴이 오후 외근 담당이었다. 2병동으로 오게 될 새로운 예비 실무자들의 자격 기록을 받고 임시 이름을 전달하기 위해 교육원에 가야 했다. 기록원은 교육원에서 서쪽으로 700미터가량 떨어져 있으니 그 김에 이폴이 반납하면 될 일이었다.

중재도시는 6개월 8일간 소거되는 실무자가 없는 상태였다. 예비 실무자가 15세가 되어도 즉시 이름을 물려받지 못하는 이런 특수 상황에는 임시 이름을 부여한다. 환자를 직접 대하지 않는 자잘한 종류의 행정 업무는 보통 이폴 같은 수습 실무자의 몫이었다.

"아니, 내가 반납할 거야. 확실한 게 합리적이니까."

마치 중재자에게 들으라는 듯 레드가 말했다.

그러나 규정상 입원 중인 환자를 병원 바깥에서 혼자 이동하게 할 수는 없었다. 그건 세인도 당연히 그 길에 동행해야 한다는 뜻이었고, 레드가 굳이 이 수고로운 방법을 택한 유일한 이유이기도 했다.

세인이 휠체어를 밀고 기록원까지 가는 내내 레드는 평소와 다르게 침묵을 지켰다.

이날도 레드는 약간 치켜든 얼굴로 끝이 없어 보이는 잿빛 방벽을 뚫어져라 바라보았다. 아무리 고개를 높이 든다 해도 지면에서 보이는 돔 바깥 풍경은 때때로 변하는 하늘의 색깔뿐이다. 그래도 레드는 벽을 꿰뚫기라도 할 기세로 시선을 거두지 않았다.

세인은 문득 레드도 지금 머릿속에 누군가를 은밀히 초대해 이야기 나누는 중이 아닐지 생각했다. 자신의 챔버처럼. 그렇다면 그 누군가는 14년 전 보았다던 방벽 바깥의 그 사람이 아닐까. 머릿속 장막은 산 사람이든 소거된 사람이든, 방벽 안에 살든 바깥에 살든, 누구든 차지할 수 있었다. 가능성 없는 가정은 아니었다.

기록원에 도착해 자료를 반납하자마자 두 사람은 다시 병원 쪽으로 걸음을 돌렸다. 레드는 변함없이 조용했고 세인도 그가 말을 걸지 않는 이상 대화를 먼저 이끌지 않았다. 세인에게 이 고요한 시간은 챔버를 만나기 좋은 때였기 때문이다.

'어때요, 챔버? 레드의 머릿속에 누군가가 있는 걸까요?'

하지만 대화의 주제가 레드였다. 흰머리의 챔버가 빙긋 웃었다. 왠지 그렇다고 대답하는 것도 같았다.

'당신은 어떻게 생각해요? 14년 전 레드가 본 건 정말로 인간이었을까요? 그렇다면 중재자는 어째서 그걸 인식하지 못했을까요? 중재자는 거짓을 말하지도 않고 실수하지도 않는데.'

챔버는 물론 아무 말도 하지 않는다.

'비록 내 머릿속이지만 당신은 방벽 바깥에 살고 있잖아요. 이야기해봐요. 이 바깥에 대해서.

정말 그곳에 누군가 살아 있나요?'

"여기야."

순간 들려온 목소리에 세인은 챔버가 입을 열었다고 착각했다. 그건 레드의 목소리였다.

휠체어를 멈춘 곳은 인공 정원 구역이었다. 레드는 제 귀에서 모세를 빼내 휠체어에 달린 주머니로 넣으며 세인을 바라보았다. 똑같이 해달라는 것이었다. 세인은 아주 잠깐 망설이다 그렇게 했다.

처음부터 이렇게 될 줄 알았다. 레드의 목적은 자료 반납만이 아니었으니까. 중재자의 계산 없이도 예측 가능한 미래였다. 마치 설계도처럼.

"한 달 전, 내가 떨어진 곳."

레드는 휠체어에서 일어나 절룩거리며 방벽 가까이 다가갔다. 세인도 그 옆에 섰다.

"역시. 정말로 다 잊어버린 건 아닐 거라고 생각했어요."

"아냐, 진짜 잊어버렸었어."

모세 없는 대화다. 거짓은 아니었다. 세인도 조금 편하게 묻기로 했다.

"그럼 언제 기억이 돌아왔죠?"

"당신에게 생애한도 연장령 소식을 듣고 나서. 당장 죽는 줄 알았는데 여섯 달이 더 있다고 하니까."

레드가 돔을 향해 턱을 들며 말했다.

"그 순간 기억이 차례로 꼬리를 물기 시작했지. 머리가 빙글빙글 도는 와중에 차가운 물이 확 끼얹어진 것 같았거든. 파도처럼. 워터드롭이 아니라. 아, 파도라는 말 알아?"

"네, 중재자에게 물어보면 죽은 단어라고 하겠지만요."

"맞아, 1세대의 방벽 설계 기록에 존재하는 단어야."

"까마득하군요. 1세대라."

"만에 하나 지형이 변해 높은 파도가 밀려올 가능성까지 계산해서 지었다고 쓰여 있어."

"합리적인데요."

그 말에 레드가 웃었다. 세인은 이유를 알 수 없었다.

"왜요?"

"나는 이번에 그 기록을 보면서 '그때 인간들은 일어나지 않을 앞일을 염려하는 데 여념이 없었군' 하고 생각했거든."

"1세대의 세상은 혼돈 그 자체였어요. 여러 형태의 재난에 대비하는 설계가 그때로서는 가장 상식적인 조치였겠죠."

"알아. 나도 배웠어. 하지만……."

레드는 방벽에 손바닥을 가져다 대며 중얼거렸다.

"이 도시에서 파도는 이제 허구나 다름없는 말이라는 것도 알지. 나도 당신도."

세인은 반박하지 않고, 곧 소거될 실무자의 차트를 작성하는 현장에서처럼 그의 한마디 한마디에 귀를 기울였다. 레드의 모든 생각이 마음에 드는 것은 아니었지만, 이 대화만이 어젯밤부터 꺼지지 않는 갈증을 달래줄 수 있다는 것을 알았기 때문이다.

레드는 그런 세인과 잠시 눈을 맞추고는 다시 벽을 향해 말했다.

"그날 사람을 봤어. 여기로 추락하기 전에. 돔

너머 바깥에서."

"또요? 한 달 전을 말하는 거예요?"

세인은 내심 놀랐지만 침착하게 날짜부터 확인했다.

"그렇다니까."

"정말로 사람이었고요?"

"이봐. 심지어 14년 전이랑 똑같은 사람일지도 모른다는 생각마저 들었는데, 이제 그만 내 말 좀 믿어. 머리가 무척 길었어. 허리까지. 그리고 한 움큼보다 더 될 하얀 타래가 있는 머리카락도 그때와 똑같았거든. 그 백발만큼 창백한 피부도."

몽중이라고 해도 믿을 그런 장면을 레드는 덤덤하게 이야기했다.

"게다가 14년 전보다 훨씬 가까운 곳에 있었어. 방벽에서 고작 2, 30미터쯤이었을까. 그쪽도 나를 올려다보는 채로 방벽 바깥을 따라 천천히 걸었어. 아주 천천히. 먼지바람에 머리카락이 마구 헝클어지는데도 아랑곳하지 않고."

지금 세인은 무엇도 기록하고 있지 않았지만,

머릿속으로 그 사람의 모습을 선명하게 그려나가는 중이었다. 세인에게 한낮의 몽중은 익숙한 일이었다. 챔버와 오랫동안 해온 일이기에 전혀 낯설지 않았다. 머릿속에서 세인은 방벽 바깥의 그 사람과 눈이 마주쳤고, 등줄기가 서늘해지는 것을 느꼈다. 전율에 가까운 서늘함이었다.

세인은 제 안의 동요를 다스리며 물었다.

"어쩌면 낮의 몽중 아니었을까요."

"낮의 몽중?"

별 해괴한 단어를 다 듣는다는 듯 레드가 되물었다.

"그러니까, 레드 실무자의 14년 전 기억이, 현재 시점의 어느 대상과 결합해 일어난 착각일 수도 있다는 거예요."

그 존재가 실제로 우리 같은 인간이라면, 방벽 안으로 들어가게 해달라고 도움을 구하는 것이 일반적이었다. 방벽 주변의 인적이 완전히 끊기기 전인 3세대까지는 그런 경우가 드물게 있었다. 물과 양식을 달라고, 아니면 먼지바람을 피할 곳이 필요하다고. 그렇지 않다면 사람이 이

주변을 서성일 이유가 없었다.

"세인, 나라고 나를 의심 안 해봤을 것 같아? 그 백발 타래는 지난 14년간 한 번도 보이지 않았어. 그 덕에 나도 그동안 쥐 죽은 듯 지낼 수 있었던 거고. 어쩌면 내가 틀렸고 동료들의 말이 사실일지 모른다고 믿었으니까. 하지만 그날 다시 나타났어. 14년 만에. 내가 틀린 게 아니었던 거야. 그래서 그 백발이랑 똑똑히 눈을 마주한 상태로 즉시 중재자에게 물었지. 지금 방벽 바깥에 인간의 생체 신호가 감지되느냐고."

중재자는 방벽 외부 반경 1킬로미터 영역까지 열 감지로 생물의 움직임을 파악할 수 있었다. 당시 방벽 위 다른 실무자들은 레드와 수백 미터씩 떨어져 있는 상태라 같은 시야를 확보 중이 아니었다. 오직 중재자만이 증인이 되어줄 수 있었다.

"그런데 그런 건 없다고 응답하더군. 심지어 서로 마주 보는 중이었는데도 말이야."

레드는 중재자에게 한 번 더 물었다. 아무도 없는 게 확실하냐고. 중재자의 대답은 같았다.

"그럼 중재자가 거짓을 말했다는 건가요?"

세인이 물었다.

"그렇다고 생각하진 않아. 위험 요소로 판단해 출입을 제한하더라도 있는 것을 없다고 할 이유가 중재자에게는 없으니까. 다만 그게 오류였다면 원인을 알 수 없을 뿐이지."

"그가 문을 두드리지는 않았고요?"

레드가 고개를 저었다.

"백발 타래는 이 안에 볼일이 있는 게 아니었어. 뭔가를 바라는 표정이 아니었다고."

"그럼요?"

"호기심 아니겠어? 그 눈빛은 이미 자기의 삶을 장악한 자의 것이었거든."

1개월 전의 레드는 허겁지겁 사다리를 내려갔다. 방벽 밖으로 나가 제 손으로 그 사람을 만져 증명해내야겠다는 일념이었다. 시간을 아끼려고 내려오는 도중 서둘러 안전장치를 해제했다. 그 탓에 발이 미끄러졌을 때 그를 지지해줄 수 있는 것은 아무것도 없었다. 눈을 떴을 때는 중앙 병원이었다.

"그럼 여전히 당신이 본 것을 증명할 무언가
는 없다는 말이군요."

"그런 셈이지."

레드는 분하지만 어쩔 수 없다는 목소리였다.

"그나저나 당신은 낮의 몽중이란 걸 겪고 있
나 보군."

레드가 화제를 바꿨고 잠시 침묵이 고였다. 세
인은 부정하지 않았다.

"챔버라고 해요. 여기에 살고 있죠."

그러곤 심장 위에 손바닥을 댔다.

"챔버는 1병동 실무자였어요. 무결점자였고,
누구에게나 모범이 되는 그야말로 완벽한 실무
자였죠. 사실 나는 그의 마지막 차트를 쓰고 싶
었어요."

"무결점 실무자는 평소에도 그렇지만, 차트는
더더욱 흥미롭지 않을 것 같은데."

"차트만이라면 그렇겠죠."

"차트만이라면?"

"그 현장에는 차트에 적히지 않는 말들도 많
으니까요."

소거를 앞둔 사람들은 대체로 말수가 많아진다. 최후의 차트 기록 시간은 결점 누적에서 자유로운, 무엇이든 말할 수 있는 유일한 기회이므로. 만약 그날이 허락되었다면, 세인은 챔버에게 기록에서는 과감히 탈락했을 사사로운 이야기를 듣고 싶었다. 단 몇 마디라고 해도.

　세인은 챔버의 오류사건과 그 이후 찾아온 밤의 몽증, 제 머릿속에 지은 챔버의 장막에 대해 레드에게 차례로 설명했다. 챔버의 자가 소거 현장을 발견한 뒤로, 어디에도 소리 내 말한 적 없던 이야기들을.

　챔버라는 이름이 말소리로 형태를 갖추고 귀로 다시 들려오는 감각은 세인에게 무척 낯설고도 경이로운 일이었다. 레드가 말한 파도라는 것이 제 몸을 향해 세게 부딪혀 온다면 이런 느낌이지 않을까.

　레드도 그것을 알아차렸다.

　"그를 좋아하는군."

　"죽은 말로 하자면 그런 셈이겠네요."

　모세를 빼둔 탓이겠지만, 멋대로 흘러넘치는

말들이 세인은 두렵지 않았다. 동시에 자신이 지금 살아 있다는 사실이 새삼스러웠다. 두려움을 지니는 것이 살아 있는 증거라고 늘 믿었는데, 두려움을 잊은 순간도 역시 똑같이 살아 있는 것이었다.

지난달 방벽 바깥의 백발 타래를 발견했던 레드도 흡사 그런 기분이 아니었을까 세인은 생각했다.

"하지만 지난 6년 그를 위해서 집을 짓고, 다른 사람들을 그곳에 초대해도 챔버는 말이 없어요. 낮의 몽증이든 밤의 몽증이든지요. 어째서 그런 선택을 했는지 여전히 아무것도 짐작되지 않고요. 꼭 이 벽을 보는 것처럼요."

세인도 차가운 벽의 표면에 손바닥을 댔다.

그때 뒤에서 무언가 바스락하는 소리가 들렸다. 세인이 곧장 돌아보았으나 길 위에는 휠체어뿐이었다.

"다시 모세를 착용할까요? 아마 시간 계산은 분명히 하고 있겠지만요."

"맞아. 168시간에 닿지 않을 만큼만 이용하자

는 거지. 이렇게 '말하지 않고서는 견디기 힘들어질 때'를 위해."

자기가 했던 말을 떠올리며 세인은 씁쓸하게 웃었다. 휠체어 쪽으로 먼저 걸음을 옮기면서 말했다.

"챔버는 그렇게 못 했지만, 반년 뒤 당신의 마지막 차트는 내가 쓰게 되어도 좋을 것 같네요."

레드는 아무 대답이 없었다. 세인은 순간 어떤 기시감에 사로잡혔다. 말없이 빙긋이 웃기만 하는 챔버.

레드는 아직 그 자리에 그대로 머문 채 세인을 바라보는 중이었다. 웃고 있지는 않았지만 그 속을 알 수 없는 챔버와 어딘지 비슷한 분위기의 얼굴로 뜬금없이 물었다.

"만일 내가 챔버라면, 자신의 자가 소거 이유를 뭐라고 말할 것 같아?"

당혹스러운 질문이었다. 세인은 곰곰 생각해 보다가 결국 어깨를 으쓱였다.

"내 생각에 챔버는 그저 '선택'을 한 것일지도 몰라."

레드가 말했다.

"선택이라고요? 부적격을요? 챔버가요?"

세인이 연이어 물었다. 레드가 무슨 말을 하든 그건 자유지만, 챔버를 그보다는 잘 아는 사람으로서 용납할 수 없는 논리였다.

"그걸 선택이라고 표현한다면…… 글쎄요, 결과적으로 오류사건의 부적격자들은 도시 부적응이라는 실패를 선택했다고도 할 수 있겠죠. 하지만 그는 보통 부적격자들과 달랐어요. 챔버를 알지도 못하면서 모욕하지 말아요. 그는 완벽한 무결점 실무자였다고요. 자가 소거 평균연령이 27.4세라고 내가 말했던가요? 챔버는 한 달만 지나면 고통 없는 소거를 맞을 수 있었는데 앞당긴 그 한 달이 대체 무엇을 위한 선택이라는 건지 솔직히 이해할 수 없군요."

세인의 반박을 모두 들은 후에야 레드는 다시 입을 열었다.

"그런 뜻은 아니었어. 내 말은 순응인가 선택인가 중에서의 선택이야. 우리는 선택이란 걸 할 기회가 거의 없잖아? 이름도 직무도 삶도. 하지

만 죽음은 좀 다르지. 그런데 그마저도 존엄 소
거되고 나면 사라지는 선택권이고. 39세 11개월
의 그는 자신에게 남아 있는 그 유일한 선택권
을 포기하지 않은 것인지도 모른다는 거야. 아니
면…… 단지 나가고 싶었는지도."

"……나가다니 어디로요."

"자기의 바깥으로. 다른 곳은 떠오르는 데가
없었을 테니까."

레드는 어느덧 세인의 가까이 다가와 있었다.

"그리고 내 최후의 차트는 아무에게도 맡기지
않아. 나의 선택은 이 벽 너머로 나가는 거야."

그 선언에 세인은 할 말을 완전히 잃었다.

"계속 기억을 잃은 척하려다가 그만둔 건, 방
벽에서 일할 자격을 지속하기 위해서였어. 적당
한 기회를 노리려면 역시 그대로 일하는 편이
좋으니까. 특히 그 백발 타래가 나타났을 때를
포착하려면. 아무래도 그때가 적기겠지."

레드의 목소리는 낮았지만 흥분에 젖어 있었
다. 돔을 통해 들어오는 빛에 물든 붉은 머리카
락이 다른 날보다 눈부시게 빛났다.

"모든 출구의 위치는 설계도 통째로 머릿속에 있어. 내 전담이었던 서쪽 27번이 될 확률이 높겠지만."

현재 두 사람이 있는 곳에서 가장 가까운 출구였다.

"그러니까, 도시를…… 나간다고요?"

세인이 떨리는 음성으로 물었다. 챔버의 선택이란 것보다 더 믿기 어려운 선택이었다.

세인이 아는 한 방벽의 어떤 출구도 이번 세대에는 열린 적이 없었다. 이곳이 바깥보다 풍요롭고 안전하다는 것은 구태여 확인할 필요조차 없는 명백한 사실이었다. 바깥은 40년의 생애가 아니라 단 4일의 생존도 예측할 수 없는 미지의 땅일 뿐이었다.

"맞아, 하지만 그 백발 타래가 안 나타난다고 해도, 나는 168시간을 채우기 전에 이 도시를 떠날 거야. 이 바깥에도 삶이 있다는 걸 분명히 보았으니까. 삶이 있다는 건, 물도 함께 있다는 거지. '최초의 제안을 기억하라'가 그 얘기잖아. 물과 삶. 삶과 물."

세인은 레드의 몸이 하얗게 부서졌던 지난밤의 꿈을 떠올리면서도 아무 대꾸를 할 수 없었다. 심장이 빠르게 뛰고 있었다. 두려움인지 두근거림인지 구분하기 힘든 박동이었다.

그때 레드가 제안했다.

"어때, 당신도 동행하겠어?"

이튿날 아침, 세인은 워터드롭과 함께 결점이 1회 누적되었다는 중재자의 통보를 들었다. 이제껏 결점이 하나도 없던 세인은 그 통보가 이토록 편안한 음성으로 전달된다는 것을 처음 알게 되었다. 놀라기도 무색할 만큼 부드러운 목소리였다.

세인은 자신의 위반 행동 몇 가지를 즉시 상기했지만, 그중 무엇이 결점으로 이어졌는지는 짐작할 수 없었다.

절전 모드 시간이 자동으로 계산되는 모세 미착용을 제외하면, 중재자의 결점 확정에는 실무자의 고발이 전제되어야 했다. 즉 어제와 오늘 사이, 실무자 누군가가 세인을 고발했으며 중재자는 해당 내용과 데이터베이스를 대조해 오차 없는 사실로 승인했다는 뜻이다.

세인은 냉정을 유지하려 애쓰며 입을 열었다.

"중재자, 결점이 누적된 고발 내용이 뭐죠?"

"허구죄입니다."

예상은 했으나 여전히 단서는 감이 잡히지 않았다.

하루 전 레드와 대화할 때 모세는 미착용 상태였다. 애초에 그 대화는 중재자가 학습할 수 없는 정보였다는 것. 만일 모세를 착용 중이었다고 해도 고발이 존재하지 않는 이상 그것은 데이터의 일부에 불과해야 했다.

중재자는 1세대부터 실무자와의 상호 보완 관계를 지켜왔다. 실무자나 중재자 어느 쪽이든 독단적인 결정을 내리는 일을 방지하기 위해서였다. 고발과 대조는 오차와 오류를 최소화하기 위한 이중 확인 수단으로서 1세대가 설정한 법이었다.

따라서 인공지능은 관리자가 아닌 중재자라는 이름을 갖게 되었으며, 그가 하는 일도 명령

이 아니라 제안이었다. 세대를 지나며 중재자의 역할에 절대성을 깃들게 한 것은 도리어 실무자들이었다.

"어떤 허구였죠?"

세인이 다시 물었다.

"세인은 6년 전부터 수면 중 몽중이 발생했으며 그 증상이 지속되고 있으나 치료하지 않은 채 방치했습니다."

어제의 대화 내용 가운데 하나였다. 그러나 다시 생각해도 모세는 분명히 절전 모드였다.

"그럴 리가요."

"오차는 없습니다. 데이터베이스와 증언이 일치합니다."

"고발 내용은 그뿐인가요?"

"그렇습니다."

세인은 어제 휠체어 너머에서 바스락거리던 소리를 기억해냈다. 중재자의 데이터베이스에 그 대화가 들어 있다면, 그건 세인과 레드 두 사람 이외의 누군가가 같은 장소에 있었음을 의미했다. 모세를 착용한 채로. 그게 누구였을지 세인은 어렴풋이 짐작할 수 있었다.

일단 중재자와의 대화를 종료했다. 이런 일은 실무자 대부분 생애 한두 차례 저지르는 과실이고 결점 하나쯤은 개의치 않아도 됐다. 그럼에도 세인의 마음이 가라앉지 않는 이유는 그 대화를 함께했던 레드 때문이었다.

레드의 침상은 비어 있었다. 오늘이 퇴원이지만 아직 마지막 회진이 끝나지 않은 이른 오전이었다. 병실에 환자복은 남겨져 있지 않았고 잠시 자리를 비운 분위기였다.

세인은 즉시 그를 찾아야 했다. 고발 내용은 세인의 몽중에 관한 것뿐이라고 했지만 어제 대화에는 그 외에도 다른 위험한 내용이 많았다. 레드도 고발당하지 않았을지 세인은 불안을 떨칠 수 없었다. 168시간의 여유는 더 이상 중요하지 않았다.

병실에서 돌아 나가는 순간 세인은 들어오려던 누군가와 정면으로 마주쳤다. 기다리던 붉은 머리카락은 아니었다.

"세인 실무자."

이폴이었다. 마침 세인이 레드 다음으로 찾아야 할 사람이었다. 어제 외근을 위해 서쪽 방벽 아래 그 길을 지나쳤을, 최후의 차트 연습에서 레드의 이야기에 반발하기도 했던 실무자.

레드와 세인을 향한 이폴의 태도는 최근 썩 편안하지만은 않았다. 그런데 그의 눈에도 정체를 알 수 없는 혼란이 가득했다.

"아마 제게 할 이야기가 있을 것 같은데요, 이폴 수습 실무자."

세인은 최대한 침착하게 말했다. 만일에 대비한 사실 기록을 위해 모세는 빼지 않고 두었다.

"죄송합니다."

사과하는 이폴의 목소리가 떨렸다. 그도 세인처럼 평정을 지키려 했지만 좀처럼 안 되는 듯했다. 자발적으로 고발했을 사람답지 않았다.

"사과를 들으려는 게 아닙니다. 그건 명백히 제 부주의였으니, 결점으로 누적되는 게 합리적이에요. 실무자의 고발은 정당했어요. 균형제를 증량하고 도시를 위한 책임과 의무에 더욱 집중

할 필요가 있으니까요. 다만 아쉬운 점은, 숨어서 듣지 않았다면 좋았을 텐데요. 앞으로 우리가 얼굴을 맞대고 일할 시간을 생각한다면요."

이폴은 대꾸가 없었다. 이렇다 저렇다 변명조차 없었다. 그 순간 세인은 죄송하다는 이폴의 사과가 단순히 고발에 대한 것이 아니라고 직감했다.

"……레드 실무자가."

이폴이 간신히 입을 뗐다.

"지금 어디에 있죠?"

세인이 말을 가로채며 물었다.

"죄송합니다."

두 번째 사과. 세인은 피가 차갑게 식는 것 같았다.

"어디에 있느냐고요!"

이폴을 다그쳤다.

"……3병동입니다."

겨우 들려온 대답에 세인은 아무 말도 할 수 없었다. 숨이 멎었다. 눈꺼풀 안에서 뜨거운 것이 맺히기 시작했다.

3병동. 결점을 일곱 번 누적한 부적격자를 소거하는 부서. 생애한도 연장령과 관계없이 지속되는 부서. 세인이 아는 한 그곳에서는 최후의 차트 없이 이송 즉시 소거를 진행한다.

　그건 레드가 꿈꾸던 방벽 너머의 삶을 영영 선택할 수 없게 되었다는 뜻이기도 했다.

　2692년 9월 25일, 그의 만 40세를 5일 남겨둔 날이었다.

3장

1. 이폴

2692년 9월 24일 오후, 이폴은 교육원 외근에서 돌아오던 길에 서쪽 방벽 아래 멈춰서 대화를 나누는 세인과 레드를 멀찌감치 발견하고 자전거를 세웠다. 처음부터 엿들을 생각은 아니었다. 그저 알은체나 하려고 했을 뿐이다.

제법 가까이 다가갈 때까지도 두 사람은 인기척을 느끼지 못하고 대화에 집중해 있었다. 이폴은 그렇게 우연히 세인의 몽증과 챔버라는 부적격자에 대해 듣게 되었다.

이폴에게 세인은 오로지 업무 이야기만 하는 무결점 동료였다. 사소한 산만함도 눈감아주지 않고, 분명한 판단이 어려울 때는 중재자에게 질문하라고 하는 원칙주의자.

　그런 세인이 탄식과 환희의 중간 어딘가에서 길을 잃은 모습으로 챔버라는 부적격자에 대해 말하고 있었다. 그 눈빛과 표정을 이폴은 보면서도 믿기 힘들었다. 이폴에게는 한 사람의 실무자로서 저 대화를 즉시 중단시켜야 할 의무가 있었다. 몽증의 공유, 부적격자에 대한 애착, 허구의 재생산.

　그러나 그러지 못했다. 이폴도 어느새 세인의 이야기에 덩달아 빠져 있었다. 책임을 잊고 상대의 말에 몰입하는 고질적인 습관은 쉽게 변하지 않는다. 게다가 세인의 이야기를 모두 듣고 난 뒤에야 이폴은 제 귀에 모세가 그대로 있다는 사실을 깨달았다.

　당장 모세를 빼고 두 실무자가 눈치채기 전 자전거를 돌렸다. 일부러 먼 길을 택해 중앙병원에 다다랐을 무렵 마침 이제 막 도착한 듯한 세인과 레드의 뒷모습이 보였다. 두 사람의 등이 건물 안으로 들어가 완전히 보이지 않기를 기다렸다가 이폴도 느리게 걸음을 옮겼다.

그래도 좀처럼 마음이 안정되지 않았다. 그날 오후 내내 이폴은 세인과 동선이 겹치지 않도록 잡무를 찾아 비품실과 기록실, 약제실을 번갈아 오갔다.

그러던 중 퇴근 시간이 가까워졌을 때, 약제실에서 마주친 나오미가 이폴을 멈춰 세웠다. 이폴은 약간 미심쩍은 기분으로 나오미를 보았다.

"아까 외근 다녀오는 길에 그 두 사람과 함께 있었나요? 복귀 시간이 엇비슷해서요."

나오미가 물었다. 그 두 사람이란 물론 세인과 레드였다. 지난 여섯 번째 결점 누적 이후, 세인을 향한 나오미의 경계를 이폴도 매일 느끼는 중이었다. 그도 노리는 것 같았다. 무결점자에게 결점을 만들 기회를.

최근 이폴은 세인을 대할 때마다 마음이 복잡하긴 했으나 나오미의 그것과는 성질이 달랐다. 이폴은 서로 다른 길로 왔다고 대답했다.

"그래요?"

"네, 오늘은 좀 바빠서 세인 실무자와는 마주칠 기회도 없었고요."

이폴은 태연히 약제실을 빠져나가려 했다.

"그렇다면…… 다른 길로 왔는지는 어떻게 확신하죠? 마주칠 기회조차 없었다면."

나오미가 등 뒤에서 말했다. 이폴은 순간 멈칫했고, 나오미는 중재자에게 질문했다.

"중재자, 지난 6시간 사이 병원 외부에서 이폴 실무자가 세인 실무자와 소통한 기록이 데이터베이스에 남아 있나요?"

"반갑습니다, 나오미. 3시간 42분 전 이폴 실무자의 모세를 통해 학습된 세인 실무자의 음성 기록이 존재합니다."

"레드는요?"

"레드 실무자의 음성도 존재합니다."

그 응답에 나오미는 미소를 띠었다. 이폴은 움직일 수 없었다.

"그 기록 중 허구죄에 해당하는 내용이 포함되어 있는지 알고 싶은데요."

"허구죄에 해당하는 세부 정보는 허구의 재생산을 방지하기 위해 실무자에게 열람 권한이 없습니다."

"알고 있어요. 내가 알고 싶은 건 그게 어떤 내용인지가 아니라, 허구죄에 해당하는지 아닌지뿐이에요. 레드 실무자가 그 대화를 적절히 중단시켰는지 아닌지도요."

"나오미 실무자."

이폴이 끼어들었으나 소용없었다.

"아, 그리고 한 가지 더."

나오미의 시선이 이폴을 정면으로 향했다.

"이폴 실무자 역시 그 대화를 중단시키지 않았다면, 셋 모두 고발되어야 마땅하겠지요?"

세인은 돔을 통과해 들어오는 햇빛을 향해 무언가를 들어 비춰 보는 중이었다. 이폴이 있는 곳에서는 그게 무엇인지 잘 보이지 않았다. 가느다랗고 긴 것이라는 것만 어렴풋이 짐작할 수 있었다.

레드가 3병동에서 부적격 소거되고 한 달 뒤,

이폴이 외근에서 돌아오는 길이었다. 지난달에도 잠시 멈춰 섰던 바로 그 자리에 세인이 서 있었다. 이폴은 세인에게 다가갔다.

"뭘 보고 계세요?"

말을 걸자 세인은 살짝 놀라 돌아보았다.

"이번에는 숨어서 지켜보지 않으려고요."

이폴이 멋쩍게 덧붙였다.

지난 한 달 세인은 업무 지시 때가 아니면 이폴을 피했다. 고발 주체는 나오미였지만 이폴도 책임에서 자유롭지 않았기에 마음이 무거웠다.

이번 사건으로 세인의 신뢰를 완전히 잃었대도 어쩔 수 없다 생각하면서도 괴로웠다. 결점은 고작 하나인데 영원한 부적격자로 낙인찍힌 것 같았다. 이 순간도 세인이 자신을 무시하고 아무 대꾸도 하지 않을까봐 이폴은 초조했다.

레드의 부적격 소거와 맞물린 첫 번째 결점 누적 후, 세인은 균형제를 증량하고 자기의 일거수일투족을 엄격하게 단속하는 중이었다.

이폴의 등장에 세인은 뭔가 고민하는 낯이었지만, 곧 모세를 귀에서 떼어냈다. 이번에는 이폴도 망설이지 않고 똑같이 했다.

조금 더 가까이 다가가자 세인의 손안에 있는 가느다란 것이 이폴에게도 보였다.

"레드의 머리카락이에요. 침상 베개에 한 가닥이 남아 있었어요."

머리카락을 포함한 생체 샘플을 아기 배양 센터로 보내는 업무는 원래 세인의 일이었다. 부적격 소거된 레드는 실무자 명단에서 영구 삭제되므로 샘플을 남기지 않는다. 저건 샘플이 아니라 유품이었다.

"그런데 한 가닥으로는 충분히 붉지 않네요. 빛에 비춰 봐도."

담담한 목소리로 그렇게 말하고서 세인은 종이를 접어 만든 작은 봉투에 그 머리카락을 넣었다. 그런 다음 지난달 레드가 벽을 짚으며 서 있었을 곳쯤에 봉투를 내려놓았다. 그날을 재현해 레드와 다시 이야기라도 나눌 듯이.

"아무것도 달라지지 않는 비합리적인 행위라고 하겠지만, 이렇게 하고 싶었어요."

세인은 무릎을 끌어안고 앉아 그 봉투를 바라

보며 말했다.

"그날 우리의 모든 대화를 다 들었나요?"

이폴은 고개를 저었다. 데이터베이스에는 세인의 꿈과 챔버에 대한 내용까지만 기록되었다고 맹세할 수 있었다.

세인이 다시 입을 열었다.

"그럼 레드가 방벽 밖으로 나갈 작정이었다는 이야기는 못 들었겠군요. 나에게 같이 가겠느냐고 물은 것도요."

세인은 평온하기 그지없는 얼굴로 이폴이 지금껏 들어온 어떤 말보다 충격적인 고백을 했다. 이미 그렇게 되지 못한 결과라 거리낄 것이 없어서일까.

얼음처럼 굳은 이폴에게 세인이 이어 말했다.

"저는 레드에게 이렇게 말했어요. 그것만은 제발 합리적으로 행동하라고. 덤으로 얻은 반년을 소중하게 여길 줄 알라고요."

레드는 그 말에 크게 웃었다고 했다. '덤'이고 '소중하게'고 전부 죽은 단어라고, 도시를 옹호하기 위한 표현으로는 어울리지 않는다면서.

"만일 자기 자신을 고발할 수 있다면, 레드의 마지막 날 고작 그런 이야기밖엔 못 한 나 자신을 고발하고 싶어요. 그 충고야말로 나의 허위이자 오류였고 결점이었어요."

세인은 작은 봉투를 주워 들어 주머니에 넣으며 일어났다.

"그에게는 챔버에게 했듯 장막을 지어줄 수가 없어요."

"왜죠?"

이폴이 비로소 물었다. 세인의 머릿속에 사는 그의 존재를 이폴도 이제는 알고 있었다.

"레드를 내 머릿속 장막에 가두는 건…… 글쎄요. 그에게는 그래서는 안 될 것 같아요."

대화는 여기서 끝이라는 듯 세인은 모세를 다시 착용하고 병원 방향으로 먼저 사라졌다. 그 등을 보며 이폴은 몇 세대 전 죽은 단어 하나를 떠올려 보려 했지만 실패했다.

죽음으로 인해 곁에 없는 누군가를 계속 기억한다는 의미를 가진 말. 사라진 것들이 즉시 보완되고 대체되는 중재도시에서는 존재할 이유가 없는 단어를.

2693년 9월 25일. 새로운 수습 실무자 두 명
이 1병동에 합류했다. 1병동의 실무자 두 사람
이 소거되었다는 뜻이기도 했다.

소거된 실무자 두 사람은 이폴과 그리 가깝지
않았지만, 같은 이름을 쓰게 된, 그들과 닮은 듯
다른 얼굴의 새로운 두 사람을 보니 기분이 이
상했다. 자신이 이폴이라는 이름을 가지고 이곳
에 수습으로 나타났을 때 다른 실무자들도 그랬
을 것 같았다.

생애한도 연장령도 지난 2월로 종료되어 1병
동도 다시 정상 운영 중이었다. 이폴은 3월에 수
습을 뗐고 마지막 차트도 단독으로 작성하기 시
작했다. 여전히 듣기에 몰입하다 기록을 놓치기
도 하고, 작성한 내용에는 군더더기가 잔뜩 붙어
있어 동료의 재검토를 거쳐 상당한 단어와 문장
을 삭제해야 했다. 그러나 이폴이라는 이름으로
살아갔던 앞 세대의 실무자들이 그러했듯이 해
나가는 수밖에 없었다.

이폴은 점심 교대 후, 휴식 시간에 원내 기록실로 향했다. 8세대 이폴의 마지막 차트를 확인하고 싶어서였다. 그 차트를 담당했던 실무자가 세인이었고 기록 당시 9세대가 되는 자신도 그 자리에 함께 있었다.

8세대 이폴의 마지막 말에는 군더더기가 가득이었다. 실무에는 크게 도움이 되지 않을 교육원이야기, 수습 때 이야기도 많았다. 세인은 인내심을 갖고 경청했다. 최후의 차트 기록 시간에는 그것이 허구가 아닌 이상, 소거자의 말을 끊지 않는 것이 원칙이었다. 그러면서도 차트에는 반드시 실무에 필요한 사항만 골라내 기록을 남겨야 했다.

짐작한 대로 세인의 손길을 거친 8세대 이폴의 차트는 사족 따위 없이 요점만 명료했다. 그날 이폴이 느낀 세인의 첫인상은 아주 차가운 실무자였다. 일정한 박자로 똑똑 떨어지는 워터드롭을 떠올리게 할 만큼.

잠시 차트 너머 그날의 기억에 빠져 있는데 기록실 문이 열렸다. 들어온 사람은 세인이었다.

수습을 뗀 이후로는 세인과 마주칠 일이 적어서 무척 오랜만이었다.

"차트를 찾고 있었어요."

이폴은 반가운 내색을 누르려 해보았지만 실패였다. 아무것도 묻지 않은 세인에게 먼저 말을 걸어버렸다.

"도움이 필요한가요?"

세인이 사무적으로 물었다.

"아뇨, 벌써 찾았습니다. ……8세대 이폴의 차트예요."

세인의 미간이 살짝 좁아졌다.

"특별히 재확인할 내용이라도?"

이폴은 어깨를 으쓱였다.

"있기야 한데 또 있다고 하기에는 좀 그렇고…… 분명하지 않네요."

세인이라면 분명하지 않은 것은 중재자에게 질문하라고 할 것만 같아 이폴은 얼른 덧붙여 말했다.

"그때 8세대의 이야기를 듣던 도중에 저는 몇 번 웃었거든요. 웃었다는 건 확실한데 그게 어째서였는지는 하나도 기억나지 않아서요. 차트에 서라면 단서를 찾을 수 있을까 했지만……."

그런 게 기록되어 있을 리 없다는 건 이폴도 알고 있었다. 그래도 정제된 내용을 들여다보고 있으면 그 여백에서 뭔가 하나쯤은 떠올릴 수도 있지 않을까 생각했다는 말은 꺼내지 않았다.

세인과 이폴 둘 모두에게 현재 모세가 있고, 여기는 중앙병원이었다.

"휴식 시간이 곧 끝나네요. 스테이션으로 가보겠습니다."

이폴은 차트를 제자리에 넣어두었다. 이야기를 더 나누고 싶어도 자신의 부주의로 세인을 곤경에 빠뜨릴까봐 늘 조심스러운 상태였다.

"자신의 기억력이 언제나 아쉬웠다고 했죠."

이폴이 나가기 직전 세인의 목소리가 들렸다. 돌아보자 세인은 자기에게 필요한 차트를 찾으면서 말하는 중이었다.

"자꾸만 잊어버리곤 해서. 내 기억력이 조금만 더 좋았다면 어땠을까 생각할 때가 많았다고요. 8세대의 그 말을 듣고 9세대 실무자가 웃었어요. 자기도 그렇다면서요."

기록에 남겨지지 않은 내용을 세인은 마치 차트를 읽는 것처럼 건조하게 말했다.

"그리고 때때로 이 업무가 맞지 않는다는 의심이 들 때도 있지만, 수습 기간을 끝내면 괜찮아진다고요. 돌이켜 보면 자신이 생각해도 중재자에 버금가는 괜찮은 차트를 하나쯤은 써내기도 했다고요."

그건 말도 안 된다면서 정말로 웃은 기억이 났다. 전부 사실이었다.

"이 정도면 확인됐을까요?"

세인은 이제야 이폴을 보며 물었다.

"……네."

"그럼 가보세요."

이폴은 발이 떨어지지 않았다. 왜인지 이렇게 이야기 나누는 일이 다시 오지 않을 것 같다는 예감이 들어서였다.

이폴은 스테이션으로 돌아갔다가 퇴근 전 다시 기록실을 찾았다. 아까 세인이 있던 곳에 똑같이 서서, 눈대중으로 보았던 위치의 차트 목록을 확인했다.

그곳은 R로 시작하는 이름의 실무자 차트 선반이었다. 9월 25일, 오늘은 9세대 레드가 부적격 소거된 그날이었다.

예상대로 세인은 서쪽 방벽 아래 있었다. 이런 시간 룸타워에 부재중이라면 이곳뿐일 거라고 이폴은 생각했다.

갑자기 나타난 이폴을 마주한 세인은 눈이 휘둥그레졌다. 한밤의 어둠 속에서도 당황한 세인의 표정은 이폴에게 아주 잘 보였다.

세인은 모자를 쓰고 코까지 감싸 올릴 수 있는 머플러를 감고 있었다. 도시 안, 의료 실무자에게는 필요치 않은 물건이었다. 등에는 커다란 배낭이 매달려 있었다.

"여기서 뭐 하는 거예요?"

세인이 머플러를 내리며 물었다.

"여기에 계실 것 같아서요."

이폴이 대답했다.

"사실 오늘 오류사건이 또 시작되는 건 아닌

지 조마조마했거든요. 일단 안심했어요."

이폴은 여기까지 오는 동안의 심경을 솔직하게 밝히면서 모세가 없는 제 귀를 세인에게 확인시켜주었다.

"나는 바깥으로 나갈 거예요."

그 말을 하는 세인은 조금도 망설임이 없었다.

"알아요."

"막으려고 왔다면……"

"그 반대입니다."

세인의 말을 가로채며 이폴은 가져온 모자를 깊게 눌러썼다. 바깥은 먼지바람이 수시로 불어온다. 그 바람을 느껴본 적은 없어도 만반의 준비를 할 필요는 있었다. 며칠분 식수로 가득한 배낭도 세인에게 보여주었다. 세인은 이해가 안 된다는 얼굴이었다.

"만약 레드나 나에 대한 부채감 때문이라면 이럴 필요 없어요."

이폴은 고개를 저었다. 지난해 레드의 소거 무렵에는 분명 그랬고 그 일은 여전히 잊지 않고 있지만 그게 전부라고 할 수는 없었다.

"증인이 필요하지 않겠습니까."

"······무슨 증인이요?"

"바깥에서 마주할 것들에 대한 증인이요. 그게 뭐든 우리는 한 번도 본 적 없는 것들이잖아요. 만일 레드처럼 혼자서만 보게 된다면 착각이라고 여길 가능성도 있을 테고······. 이중 확인하는 셈이죠. 중재자 대신 제가요."

"뭘 위해서요?"

그야 세인을 위해서였지만 굳이 말로 하지는 않았다. 세인이 다시 물었다.

"진심이에요?"

"도시의 마지막 이폴의 이름을 걸고요."

더불어 이폴은 당신의 마지막 차트를 쓰겠다는 바람 역시 아직 유효하다고 말하고 싶었으나, 그건 조금 나중으로 미루기로 했다. 방벽 바깥의 시간으로.

27번 출구의 위치는 세인이 정확하게 알고 있었다. 그동안 잠잠하게만 보였던 세인은 지난 1년, 무척 바빴노라고 이폴에게 털어놓았다. 가장 먼저 도시를 건설한 주축인 1세대에서 3세대까지의 모든 차트를 정독했다. 비록 오래전 과거라고 해도 바깥이 어떠했는지 최대한 구체적으로 알아내기 위해서였다. 중재자의 데이터베이스보다는 군더더기가 많이 붙었을 실무자의 차트로.

그것을 전부 확인하고도 바깥을 선택하겠다는 결심은 변함없는지 세인은 1년간 자신과 챔버에게 매일 물었다. 물론 챔버는 아무 말도 하지 않았지만 세인을 막지도 않았다.

방벽 전문가였던 여덟 세대 레드의 차트는 특히 여러 번 반복해 읽었다. 9세대 레드가 입원 중 읽었던 방벽의 역사와 구조도 기록원에서 대출해 통째로 암기했다.

방벽에 난 전체 스물아홉 개의 출구는 말 그대로 출구였다. 바깥의 누군가가 능동적으로 들어올 수 있는 구조는 아니었기 때문이다.

강철 블록 방벽의 두께는 5.2미터. 각 출구는 두께와 같은 길이의 통로 양쪽 끝으로 두 개의 철제문이 나 있는 격벽 구조였다. 두 문 모두 안쪽에만 개폐 장치가 있었다. 방벽 바깥에서 보이는 문은 사방에 절단면을 가진 판판한 벽에 불과했다.

"이 문으로 누군가 들어오도록 파수꾼이 열어준 건 2세대가 마지막, 그리고 파수꾼이 있었던 건 3세대가 마지막이었어요. 저 바깥에 들어올 누군가가 더는 존재하지 않는다고 중재자가 판단했기 때문이죠."

세인은 안쪽 첫 번째 문의 뻑뻑해진 원형 회전 잠금장치에 녹 제거제를 입히며 말했다.

이폴도 예비 실무자 시절 수업에서 그 내용을 들었지만 벌써 수년 전 일이었다. 다시 상기하기 위해서는 세인의 설명에 의지해야 했다. 더 이상 그때그때 모세를 통해 중재자에게 물을 처지도 아니었으니까.

어느 정도 녹이 빠진 뒤 세인이 잠금장치를 반시계 방향으로 돌리려 했지만 꿈쩍도 하지 않았다. 이폴은 들고 있던 손전등을 내려놓고 힘을 보탰다. 그렇게 몇 차례 호흡을 맞춰 힘을 실은 후에야 커다란 다이얼은 듣기 싫은 소리를 내며 겨우 돌아갔다.

묵직한 문을 힘껏 밀어 열자 다음 문을 향한 통로가 나타났다. 한 겹의 문이 사라진 곳에서는 방벽 안쪽에서 들어본 적 없는 낯선 소리가 서늘하게 흐르고 있었다. 옅은 바람 소리였다.

그 방향으로 걸음을 옮기려고 붙잡고 있던 손을 떼는 즉시 문은 자신의 무게로 스스로 닫히기 시작했다. 세인이 문을 붙잡으며 말했다.

"이 문들은 수직이 아니라 방벽 안쪽으로 약간 기울어진 각도로 설계됐어요."

그러곤 배낭에서 천 뭉치를 하나 꺼내 문이 완전히 봉해지지 않도록 틈에 걸쳐 끼웠다. 낡은 병원 침상용 시트였다.

"이제 와서 새삼스럽지만, 이런 일에 대한 처벌이나 경고 같은 게 있었던가요?"

다음 문을 향해 이동하며 이폴이 물었다. 배운 기억은 없는데 도시를 나가려는 행위는 왠지 결점 하나로 끝나지 않을 것 같았다. 세인은 두 번째이자 마지막 문에 녹 제거제를 입히며 대답했다.

"그런 건 없더군요. 중재자에겐 오류사건과 다를 바 없는 거죠."

"어쩌면 도시를 포기하는 일이 처벌과 다르지 않다고 여길 것도 같네요."

"지금이라도 생각이 달라졌다면 안 늦었어요."

세인은 아직 문틈이 벌어져 있는 안쪽 문을 향해 눈짓했다. 이폴은 그제야 세인이 그곳에 시트를 끼워놓은 이유를 깨달았다.

"그래도 이 문을 여는 것까지는 도와주면 고맙겠어요. 그 은혜는 잊지 않을 테니."

그렇게 말하며 배낭을 고쳐 메는 세인의 귀에 모세가 보였다. 여태껏 모자에 가려져 제대로 안 보였던 것이었다. 이폴은 세인이 실수할 리 없다고 생각했지만 그래도 무심코 지나칠 수 없었다.

"……세인, 모세요."

"알아요."

짧게 답하며 세인은 마지막 문의 잠금장치에 매달렸다. 이폴도 곧장 비어 있는 자리를 붙들고 힘을 실었다. 첫 번째 문보다 쉽지 않았다. 만들어진 이후로 단 한 번도 열린 적 없는 문이 아닐까 싶을 정도였다.

"밖으로 나가면 저는 레드의 차트부터 기록할

거예요. 더 잊지 않을게요."

힘에 부쳐 끙끙대면서도 세인은 꿈쩍도 하지 않는 문을 향해 말했다.

"내가 기억하는 레드의 전부를요. 그가 얼마나 제멋대로에 비합리적인 사람이었는지. 얼마나 반짝거리던 사람이었는지."

다이얼이 조금씩 느슨해지는 느낌이 전해져 오기 시작했다.

"다음은 방벽 바깥의 매일을 기록할 거예요. 오늘까지 존재하지 않는다고 믿었던 것들을요. 모든 몽중과 허구도. 또 모르죠. 바깥으로 나가면 챔버도 목소리를 내줄지."

네 개의 손이 반시계 방향으로 천천히 움직였다. 잠금장치의 돌아가는 속도가 순간 빨라졌고 마침내 철컥 소리와 함께 회전이 멈췄다. 문에서 손을 뗀 이폴은 자기도 모르게 심호흡했다. 이제 밀어 열기만 하면 도시의 바깥이었다.

세인은 소매로 얼굴의 땀을 훔친 후 귀에서 모세를 빼냈다. 그러고는 첫 번째 문으로 돌아가 틈 안쪽으로 손을 넣어 모세를 내려놓았다. 지나쳐 가는 실무자 누군가의 눈에 띌 수 있도록.

"우리는 부적격자니까 마지막 차트가 존재하지 않으니, 만약에라도 이유를 알고 싶어 하는 사람이 생긴다면 머릿속에 장막을 지을 수도 있겠지만, 언젠가 데이터베이스에서 찾아낼 수도 있겠죠."

이 출구에서 지금까지의 대화는 모두 학습되었을 것이다.

다음은 이폴의 차례였다. 아직 닫히지 않은 첫 번째 문을 택할지, 이제부터 열어야 할 두 번째 문을 택할지.

이폴은 첫 번째 문에 걸려 있던 침상 시트를 빼내는 것으로 대답을 대신했다. 안쪽 문이 쿵 소리를 내며 닫혔다. 그러자 바깥쪽 문 너머의 바람 소리가 조금 더 선명하게 울리기 시작했다.

세인이 머플러를 다시 올렸다.

"갈까요."

이폴은 고개를 끄덕였다.

……아니.

나는 고개를 끄덕였다.

그런 다음 침상 시트를 세인의 머플러처럼 목에 단단히 두른 뒤 코까지 바짝 끌어 올렸다. 내가 뱉은 숨이 휘감은 시트에 뜨겁게 맞부딪혔다.

마지막 철컥 소리가 귓가에 울린 뒤 나타난 바깥에는 내가 한 번도 본 적 없던 밤이 펼쳐져 있었다.

돔이 허락한 둥근 경계가 없는, 시작도 끝도 없는 밤. 검디검은, 모두가 꿈을 꾸어도 좋을 시간이.

그 속으로 걸어 나갈 시간이었다.

허구이자 곧 진실인 그곳으로.

2. 백색의 땅

2696년 9월 25일. 백색의 땅에는 수시로 강풍이 분다.

이 차트를 기록하는 지금도 제법 센 바람이 방풍막을 흔들고 있다. 나에게 지난 3년간 익숙해진 소리다. 이 소리는 듣고 있자면 스르륵 잠에 빠지게 하는 자장가이기도 했다가, 눈을 뜨게

하는 알람이기도 했다가, 다소 변덕스럽다.

백색의 땅 사람들은 이것을 휘파람이라고 부른다. 방풍막을 단번에 날려버리지 않을 정도의 바람은 그저 노래에 가까운 것이라면서. 힘껏 달리거나 자전거를 탈 때 빼고는 바람이 불지 않는 도시 안에서는 이해할 수 없었을 말이다.

나도 이제 먼지바람이라는 단어는 거의 쓰지 않게 되었다. 도시의 단어를 잊어가는 속도로 이곳의 말을 그만큼 배워갔다.

나와 달리 세인은 먼지바람을 비롯해 원래 알던 도시의 말을 대부분 그대로 사용했다. 독자가 오해할 수 있을 것 같아 덧붙이자면, 고집이나 향수 때문은 아니었다. 단지 언어라는 영토는 몸이 도시를 떠나는 것보다 벗어나기 어려운 것이었을 뿐. 떠나봐야만 알게 되는 것이 있다.

세인은 그 무엇도 삭제하지 않을, 그야말로 군더더기가 잔뜩 붙은 레드의 차트를 쓰리라 결심했지만 우리가 백색의 땅에 머물게 된 뒤로 그럴 자유가 주어지자 막상 어떤 내용을 기록해야 할지 갈피를 잡지 못해 매번 오래 고민하고 헤

매야 했다.

　그래도 약 3년에 걸쳐 레드의 차트를 완성했다. 겨우 한 사람 분량의 차트 작성 기간이 그토록 길어진 까닭은 내용의 절반 이상이 레드에게 보내는 편지로 구성되었기 때문이다.

　머릿속 챔버와 마찬가지로 레드가 답장을 할 수 없대도 세인은 개의치 않았다. 세인에겐 그에게 해야 할 이야기가 끝을 헤아릴 수 없을 만큼 많았다.

　가장 먼저는 자기의 오랜 부적격 상태에 대해서, 레드를 잃은 슬픔에 대해서, 그리고 도시를 벗어나기로 마음먹고 나와 함께 떠나온 과정에 대해서. 그다음으로는 방벽 바깥에서 물과 식량을 소진하고 몇 밤이 지났는지 셈하기도 힘겨워졌을 무렵 우리를 구조한 백색의 땅 사람들 이야기로 이어졌다.

　우리를 발견한 이들은 어린아이부터 성인까지 열다섯 명으로 이루어진 무리였는데 모두의 머리카락 일부가 자연적인 백색 타래였다. 레드가 본 것은 결코 허구가 아니었다.

3세기 전 백색의 땅은 죽음의 땅과 같은 말이었지만, 그 이후 중재도시 바깥에서는 의미가 천천히 변화해왔다. 세인은 이들과 지내며 알게 된 다음과 같은 내용도 써 내려갔다.

　세상에는 리누트 바이러스에 면역을 가진 극소수의 인간들이 존재했었다는 것. 이들의 자손은 탄생부터 머리카락의 일부가 하얗게 물들어 있고 피부는 푸르스름한 기가 돌 정도로 창백하며, 체온은 깜짝 놀랄 만큼 낮고, 오래 집중해 포착하지 않으면 마치 심장이 뛰지 않는 것으로 착각할 만큼 심박이 느리다는 것. 따라서 중재자는 이들의 존재를 인간의 생체 신호로 인식하지 못했을 거라는 것.

　언제부터인가 그러한 특성을 가진 서로를 발견한 이들이 작은 공동체를 이루며 살았다는 것. 자신들의 하얀 머리카락을 기념하기 위해서 그 공동체를 백색의 땅이라고 부른다는 것. 그러한 조그만 백색의 땅이 세상 곳곳에 있다는 것. 그 중 한 백색의 땅이 우리를 받아들여주었다는 것. 우리 둘과는 꽤 다른 소리를 내는 언어로 소통하지만 같은 소리를 내는 말 역시 상당히 있다는 것도 차트에 세세하게 기록했다.

날마다 백색의 땅 이야기만 쓴 건 아니었다. 때때로 전날 밤의 꿈에 대해 적기도 했으니. 도시의 합리적인 말과 우리가 알고 있는 죽은 말을 총동원해도 부족해, 백색의 언어까지 빌려 와야 쓸 수 있는 꿈의 풍경에 대해서.

세인이 마지막으로 쓴 차트 역시 이전 날의 몽중에 관한 내용이었다. 그 차트를 마무리 짓고 세인은 다시 깨지 않는 잠 속으로 들어갔다. 바로 어제의 일. 중재도시의 나이로 40세를 조금 넘긴 삶이었다. 생애한도를 정하는 중재자는 없지만, 세인의 몸이 그 이상의 시간을 허락하지 않았기 때문이다.

리누트가 사라진 세상의 물도 우리에게 완전한 자비를 베풀지는 않았다. 방벽 바깥의 식수를 처음 맛보았던 그때 세인과 나는 며칠이 흐르도록 몸의 특별한 변화를 느끼지 못했고 동시에 안도했다. 3세기 전의 기록처럼 목숨을 즉각 앗

아가는 바이러스는 더 이상 없다고 확신했다.

그러나 우리는 이 땅과 이 물에게 이방인이었다. 세인과 나의 머리카락과 피부는 점차 색을 잃어갔다. 다만 겉모습이 백색의 땅 사람들과 비슷해졌을 뿐, 그들과 같은 면역이 없는 몸은 점차 쇠약해졌다.

그럼에도 세인은 레드의 차트 기록을 하루도 게을리하지 않았다. 내가 듣기에 빠져들면 다른 것은 까맣게 잊고 마는 것처럼, 세인은 기록에 그러했다. 그리고 쓰는 즉시 언제나 나에게 가장 먼저 보여주었는데, 이 차트의 많은 부분이 세인이 쓴 그 차트에게 빚지고 있음은 독자도 이미 눈치챘을 것이다.

하지만 나는 레드의 차트를 읽는 것보다 그것을 적어 내려가는 세인의 눈동자에 깃든 작은 불꽃을 발견하는 일이 무엇보다 기뻤다. 한 번도 그렇다고 말한 적은 없었지만, 세인도 그런 내 마음을 알고 있었을 거라 믿는다.

우리는 매일 아침 지난밤 꿈에 관해 떠들었다. 그러면서 웃거나 진지해지거나 울거나 가끔은

언쟁하기도 했으나 꿈에서 무엇을 했고 누구를 만났든 말하지 못할 것은 없었다. 때로 지나치게 충만한 꿈을 꾸면 오히려 말을 잃을 때가 있을 뿐이었다.

세인은 어제 긴 잠에 빠지기 전, 나에게 자신의 차트를 써주면 좋겠다고 했다. 나는 백색의 땅 의식에 따라 세인의 머리카락 일부를 자르며 그렇게 하리라 약속했다. 당연히 그래야 했다. 나에게는 세상 그 누구보다 세인의 목소리가 넉넉히 담겨 있으니까. 침묵 속에서도 휘파람 속에서도 눈만 감으면 바로 떠올릴 수 있다.

백색의 땅은 중재도시처럼 한곳에 고정되어 있지 않다. 우리는 야생식물로 뒤덮인 빈집이나 대지에 일정 기간 머물다가, 철을 따라 다른 곳으로 이동하기를 반복한다. 그곳은 우리가 머무는 순간에만 잠시 백색의 땅이라는 이름을 가질 뿐, 영영 구속당하는 일이 없다.

오늘 우리가 백색의 땅을 옮기는 이유는 세인을 위해서였다.

백색의 땅에서는 구성원이 죽음을 맞이하면 그곳에 묻어준 뒤, 잘라낸 머리카락을 가지고 바다로 떠난다. 그의 머리카락을 파도에 실어 보내기 위해서라고 했다. 바다로 향하려면 강한 휘파람을 뚫고 이름조차 알지 못하는 날짐승의 위협을 피해 오래도록 걸어야만 하는데도.

그래도 그것은 해야만 하는 일이었다. 그렇게 해야 세인의 머리카락이 파도를 타고 멀리 흩어져, 우리가 어느 백색의 땅에 있든 그의 꿈을 마음껏 꿀 수 있기 때문이라고 했다.

추천의 글

이제껏 장르의 역사에서는 무수한 디스토피아가 있어왔지만, 연여름은 이번에도 기어코 새롭고 독특한 디스토피아를 만들어 우리에게 보여준다. '생애한도'와 '존엄 소거'라는 모순 형용을 규칙으로 하는 세계에서 최소한의 삶을 보장받기 위해 허구를 금지당한 인간들. 작가는 마치 이렇게 묻는 듯하다. 이야기를 빼앗긴 인간이 인간일 수 있나? 수많은 이야기에 둘러싸여 있지만 그 어떤 이야기도 자신의 힘으로 '상상하지' 않는 오늘의 우리에게 소설 속 중재도시는 이미 도래해 있는지도 모른다. 아프지만 아름답고, 거울 같지만 진짜인 이야기가 여기 있다.

— 문지혁(소설가)

발문

두려움을 딛고, 방벽 밖으로

박해울(소설가)

생존을 위한 중재도시

여기, '중재자'라는 인공지능이 관리하고, '실무자'라는 인간 구성원들이 일을 하며 유지되는 도시가 있다. 그곳은 바로 27세기의 지구 위 잿빛 방벽과 투명한 돔에 둘러싸인 인구 8만의 '중재도시'이다.

22세기 이래 다섯 번의 세계대전, 이상 기후, 리누트 바이러스 등으로 인간의 멸종이 코앞인 상황에서도 중재도시는 세대를 이어가며 존속한다. 도시의 구성원들은 합의된 원칙을 지키며

평등하게 주어진 40여 년의 생을 보낸다. 그들은 태어날 때부터 해야 할 일을 부여받고 감정을 죽인 채 도시를 이루는 부품처럼 살아간다.

감정이 억제된 구성원들이 감시받는 사회에서 살아간다는 설정을 기반으로 한 문학 작품은 이전에도 있었다. 일반화하기 어려우나 보통 이러한 사회가 배경인 경우, 권력을 쥔 독재자와 기득권자의 욕망을 충족시키기 위해 대부분의 구성원이 착취당하며 근근이 살아가는 모습이 자주 등장한다. 이에 덧붙여, 때로는 지배자가 피지배자를 결집케 하고자 존재하지 않는 가상의 적을 상정하기도 한다.

하지만, 연여름의 『부적격자의 차트』는 이러한 서사와 확연한 차이를 보인다. 중재도시의 구성원이 따르는 중재자는 독재자도 기득권자도 아니다. 도시를 관리하는 중재자는 구성원의 생존에 목적을 두는 인공지능일 뿐이다. 이곳은 오래전 리누트 바이러스가 유행했던 시기 죽을 뻔했던 인간들이 연구소에서 인공지능을 만나 극적으로 만들게 된 인류 최후의 피난처이다. 긴 시간이 흘렀으나 인간의 목숨을 위협하는 도시 바깥의 적, 그러니까 리누트 바이러스도 여전히 실재하고 있다.

실무자들은 인공지능이 설계한 최적화 시스템에 맞추어 많은 것을 포기한다. 정해진 생애한도 이상의 삶, 개인의 감정, 단어가 사라진다. 상상은 금지되며, 꿈은 균형제를 투약해야 하는 병증으로 취급된다. 심지어는 자신의 목숨을 끊는 것조차 오류로 치부된다. 그러나 이 도시에서 금지되는 요소들은 독재자와 기득권자가 강압적으로 개인에게 빼앗은 것이 아니다. 구성원 스스로 죽음에 대한 두려움과 생존에 대한 갈망으로 이러한 삶을 채택한 것이다. 그들은 생존을 유일한 목표로 두고 단조로운 일상을 반복한다.

인공지능은 중재자라는 이름 아래 실무자들이 생존할 방법을 끝없이 계산한다. 중재자는 실무자를 관리하면서 인간처럼 자신의 욕구를 실현하거나 생각이 바뀌거나 탐욕에 눈이 멀어버리지 않으며 다른 흥밋거리에 눈을 돌리지도 않는다. 그는 공명정대하고 친절하다. 자신을 신이라고 칭한 적도 떠받들라고 요청한 적도 없으며 체제 유지를 위해 구성원을 속인 일도 없다.

『부적격자의 차트』의 독보적인 지점은 이 중재자라는 존재에 있다. 실무자들이 중재자의 제안을 받기를 원치 않는다면 언제든 사용을 종료할 수 있다. 하지만 실무자들은 중재자의 전원을 내리지 않는다. 세대를 이어오면서 안전하게 살아남을 수 있었던 이유가 중재자에게 있다고 믿기 때문이다. 그 믿음 탓에 그들은 이 안에서 관습으로 굳어버린 '여러 가지가 소거된 삶'을 일반적인 삶이라고 여긴다. 그들은 이곳의 생활만이 절대적인 삶의 방식이라고 생각하며 바깥에 무엇이 있을지 상상하려 하지도 않는다. 그들은 생존과 산다는 것의 차이를 알지 못한다.

자신의 삶을 장악한다는 것

생존과 산다는 것은 분명히 다르다. 인간의 육체는 제때 밥을 먹고 잠을 자면 어느 정도 기능

할 수 있다. 하지만 인간이 주어진 삶을 제대로 살아내려면 그 두 가지로는 충분하지 않다. 인간이 자신의 삶을 산다고 할 수 있으려면, 정신적 요소까지도 충족되어야 한다. 이것이 충족되지 않으면 생존에 머물고 만다. 생존은 자신의 삶을 장악한 것이 아니라, 겨우겨우 명맥을 이어가는 것일 뿐이다.

물론, 생존이 중요하지 않다는 뜻은 아니다. 생존은 매우 중요한 일이지만, 인간은 생존 그 이후에 대해, 앞으로의 삶에 대해 반드시 고민해야 한다. 어떻게 해야 존엄을 잃지 않고 인간다운 삶을 영위하며 살아갈 수 있는지 말이다.

중재도시의 무결점 실무자인 세인은 고요한 순응자로서 도시 안에서 평탄한 생존을 이어간다. 하지만 그는 레드를 만나 변화를 겪는다. 세인은 레드의 이야기와 감정에 귀를 기울인다. 그 결과 이폴과 함께 생존만이 전부였던 도시에서, 위험이 도사리지만 자유와 존엄이 있는 방벽 밖의 땅으로 탈출하게 된다.

방벽 밖의 삶은 안에서의 삶과 비교할 수 없

이 거칠고 고되다. 그럼에도 자신들이 선택한 삶을 묵묵히 살아낸다. 그들은 바깥의 말을 배운다. 새로운 단어들이 그들 어휘의 그물망에 들어오기 시작한다. 사어라고 여겨졌던 '좋아하다' '소중하다' '추모' '애도'라는 단어들이 마음에 새겨진다.

그들은 새로운 단어들을 받아들이며 점점 자신의 삶을 장악해나간다. 그들은 누군가를 떠올리고, 타인과 감정을 나눈다. 명령 없이도 자신이 원하는 일을 행한다. 군더더기가 잔뜩 붙은 차트를 작성하고, 죽은 자를 위해 장례식을 치러준다. 이런 행위들은 중재도시에서는 죄가 되지만, 이곳에서는 그렇지 않다. 그저 지극히 자연스러운 행위일 따름이다. 그렇다. 이것이야말로 자신의 삶을 살아가는 것이다.

바깥으로 나간 세인과 이폴을 두고 중재도시는 부적격자라 칭할 것이다. 그들이 정말 부적격자일까. 그들은 자신의 의지로 새로운 삶의 방식을 선택한 진정한 인간이다.

『부적격자의 차트』는 우리가 현실에서 소중한

것을 놓치고 생존만을 위해 사는 것은 아닌지 둘러보라고 말한다. 또한 현재를 사는 우리에게 어떻게 사는 것이 인간의 존엄을 잃지 않는 삶인지 끊임없이 생각해야 한다고 이야기한다.

이 소설을 읽는 우리는 증인이자 목격자이다

중재도시에서 모든 종류의 허구는 '실무자의 안전을 위해' 용인되지 않는다. 그렇기에 차트에는 전문적인 단어와 숫자와 엄격한 문장만이 나열되고 그 외의 군더더기가 허용되지 않는다.

중재도시 내에서 군더더기란 핵심에 쓸데없이 덧붙여진 것을 의미하지만, 여기에는 인물의 감정과 선택, 행간 사이의 공백에서 파악할 수 있는, 감히 언어로 표현되지 못한 수많은 메시지가 숨겨져 있다. 그런데 사실 우리에게 이 군더더기라고 일컬어지는 양식은 아주 익숙하다. 다름 아닌 소설이 그렇지 않은가.

『부적격자의 차트』를 읽는 우리는 세인과 레드와 이폴이 겪은 일련의 사건을 지켜본 증인이

자 목격자가 된다. 우리는 그들이 어떤 상황에 직면하는지, 그 상황에서 어떤 감정의 동요를 일으키게 되는지, 결국 어떤 선택을 내리게 되는지 알게 될 것이다.

효율을 추구하는 현실 사회에서 소설을 읽는 는 게 무가치한 것이라고 말하는 사람들이 있다. 그들은 소설은 허구에 불과하며, 소설을 읽는 시간에 자기계발이나 하라고 비아냥댄다. 하지만 나는 이럴 때일수록 더욱더 소설을 읽어야 한다고 생각한다. 소설은 타인과 사회를 이해하는 위대한 방법일 뿐 아니라, 전문적인 단어와 숫자와 엄격한 문장이 전할 수 없는 것을 전할 수 있는 수단이다. 한 걸음 더 나아가서 소설은 우리에게 펼쳐진 미래를 어떻게 살면 좋을지, 생존이 아닌 인간다운 삶을 살기 위해 어떻게 행동해야 할지 생각하게 만든다.

그리고 분명 수많은 소설 중에서도 『부적격자의 차트』를 읽는다는 것은 '두려움을 딛고', '방벽 밖으로 나아가는' 힘이 되어줄 것이다.

작가의 말

　사람이 글을 쓰는 이유는 다양할 테지만, 이 두 가지 중 하나에는 속하리라 믿는다. 쓰고 싶어서 또는 쓰지 않을 수 없어서. 나의 경우는 거기에 한 가지를 덧붙이고 싶은데 바로 공포다. 내가 글을 쓰는 이유는, 조금 더 정확하게 '오늘' 쓰는 이유는 어쩌면 내일 당장 쓸 수 없는 불가항력이 인생에 끼어들지도 모른다는 두려움 때문이다. 나름대로 장점이 있는 공포다. 오늘이 글을 쓸 수 있는 마지막 날일지도 모른다고 가정하면, 웬만해서 마감을 어기기 힘들다. 농담이면서 진심이다.

인생의 반환점이 아닐까 싶은 해에 예전엔 인류의 기대수명이 어땠는지 문득 궁금해졌다. 불과 한 세기 전만 해도 세계 평균이 40세에 못 미쳤다는 결과를 보았다. 100년 전이었다면 나는 이미 고인일 가능성이 컸다. 어쩐지 그 순간 마지막 장사를 마치고 마감까지 끝낸 다음, 어두컴컴한 가게에 홀로 앉아 있는 주인장이 된 기분이 들었다. 자, 오늘로 전부 끝. 내일은 없음. 그리고 그 주인장은 이런 질문을 한다. 지금껏 살아오면서 중요하게 여기던 모든 것을, 이 시점에도 변함없이 그렇다고 말할 수 있는가? 질문보다는 의심이라는 단어가 더 어울리겠다. 『부적격자의 차트』라는 사고 실험은 그 의심에서 출발했다.

나는 '안다'보다 '모르지 않는다'는 불친절한 표현을 좋아한다. '안다'는 이제 막 알게 된 것에도 사용할 수 있는 말이지만 '모르지 않는다'에는 그보다 복잡한 시간성이 녹아 있다. 망각할 수 없다는 의지도 담겨 있는 듯하고, 기억의 다른 말 같기도 하다. 형태도 무게도 없는 기억의 힘은 참 대단하다. 어떤 기억은 발목을 잡기도 하지만 어떤 기억은 등을 밀어주기도 하고, 때로는 어디론가 휩쓸려 떠내려가지 않게 지탱하는 뿌리가 되어주기도 하니까. 기억하고 기억되기, 그것을 씨앗 삼아 너의 처지를 기꺼이 상상하는 용기. 그러한 힘들이 이 무심한 세상을 완전히 박살 나도록 내버려두지 않는 거라고, 우리의 삶을 간신히 이어지게 한다고 나는 믿는다. 그래서 기억에 관한 글을 자주 쓰게 된다.

매번 소설의 마지막을 두고 하는 공통적인 고민이 있다. 떠날 것인가 머물 것인가. 답하기 어려운 질문이다. 하지만 주인공이 어느 쪽을 선택하든 그 이유는 '너의 고통을, 슬픔을, 쓸쓸함을, 막막함을 모르지 않는 것'이라는 의지와 맞닿아 있을 것이다. 소설을 읽는 동안 내가 모르지 않았던 너를, 나를 모르지 않았던 너를 한 사람 정도 떠올리셨다면 좋겠다. 장사 마지막 날 의심에 빠진 저 가게 주인도, 결국 그런 누군가를 떠올리지 않았을까.

　마지막으로 이 군더더기를 쓸 수 있도록 함께
해준 나의 첫 번째 독자 다니엘, 출간까지 모든
과정 세심하게 원고를 돌봐주신 고명수 편집자
님께 감사의 마음을 전하고 싶다. 그리고 지금
이 페이지를 읽고 계실 독자님께 특별히 깊은
감사를 전한다.

2024년 12월
연여름

부적격자의 차트

지은이 연여름
펴낸이 김영정

초판 1쇄 펴낸날 2024년 12월 25일

펴낸곳 (주) 현대문학
등록번호 제1-452호
주소 06532 서울시 서초구 신반포로 321(잠원동, 미래엔)
전화 02-2017-0280
팩스 02-516-5433
홈페이지 www.hdmh.co.kr

ISBN 979-11-6790-288-7 04810
       979-11-6790-220-7 (세트)

* 책값은 뒤표지에 있습니다.